愚者が出てくる、城寨《しろ》が見える

マンシェット

中条省平訳

光文社

Title : Ô DINGOS, Ô CHÂTEAUX !
1972
Author : Jean-Patrick Manchette

目次

愚者《あほ》が出てくる、城寨《おしろ》が見える

0

トンプソンが殺すべき男はおかまだった。ある実業家の息子に手を出した報いだ。男は寝室に入ってきた。ドアを後ろ手に閉め、壁の蝶番《ちょうつがい》の横に立つトンプソンを見て、びくりと震える時間だけはあった。トンプソンは、太い円筒の握りとブリキの丸い鍔《つば》をつけた鋼鉄のぎざぎざの刃を、男の心臓に叩きこんだ。鍔が血の噴出をおさえ、トンプソンが勢いよく円筒の握りをねじると、男の心臓は真っ二つ、いや、それ以上に細切れになった。男は口を開き、一度痙攣《けいれん》しただけだった。尻をドアにぶつけ、前に倒れて死んだ。トンプソンは一歩横にステップした。手に死体の口紅の跡が残った。トンプソンはおぞけをふるいながら拭きとった。三〇分も前から、胃の引きつりが耐えがたいものになっている。部屋を出た。誰にも入るのを見られなかったし、出るところも見られていない。午前二時。トンプソンは一一時にパリで人と会う約束があった。歩いてペラッシュ駅に行く。胃の痛みのせいで体を二つに折っている。もう殺しの仕事はやめる。いや、そのうちに。やるたびに悪くなる。一〇時間以上胃に何も入れていなかった。殺しを終えたいま、空腹がいやらしいほど胃をねじあげてくる。ようやく駅の軽食堂に入った。ザウアークラウトを注文し、むさぼった。すこし具合がよくなる。もう一皿注文し、今度は味わった。胃は落ち着いてきた。気分もだ。相当な金額を稼いだのだ。三時になっていた。殺し屋は勘定を払って店を出る。パーキングメーターの前に停めた灰色のローヴァーに戻り、高速のA6号線に向かった。

しばらくして、リヨンとパリのあいだの駐車場に停め、夜明けまでひと眠りした。

午前一一時、時間どおりに会合に向かう。今度の客はサングラスをかけており、その子供っぽい趣味にトンプソンはにやりとした。ボックス席に座り、ふたりの男はスコットランドのビールを飲んだ。客はテーブルに写真を伏せて置いた。

「ちょっと面倒なことになるかもしれない」と客はいう。「そう見せる必要もあるんだが……説明はするよ……どうかしたか?　具合でも悪いのか?」

「いやいや、大丈夫ですよ」トンプソンは強い調子で答えた。

客が写真を裏返す。カラーだ。憂鬱そうな顔をした赤毛の男の子の上半身が写っている。

「まずいか？」

「ぜんぜん」トンプソンは答えた。

まずいのは胃の具合だった。まただ。痛みが再発した。

1

黒塗りのリンカーン・コンチネンタル。側面のガラスは色つきで、なかの人間を見ることはできない。狭い道のきついカーブを曲がるのに苦労している様子だ。まわりは、森。無数のブナの木で、腐った枯葉が分厚く堆積し、車道にまではみ出している。

森が五〇メートルほど切れたところで、右側に私道が現れた。道の両側に草の生えた広い路肩がとってあり、そこに規則的に白い柱石を打ちこみ、凝った飾りの鎖でつないである。私道に曲がりこむため、リンカーンはまず逆ハンドルを切って、車道の左半分にぐいと車体を乗りだした。それからカーブを描き、白く細かい敷石の上でスピードを上げた。小石と砂が泥よけのなかで跳ねかえった。

私道は真っ直ぐにルイ一三世様式の館に続いていた。四隅に丸い塔が立っている。塔のひとつは池から突きだし、窓の下に睡蓮が浮いている。リンカーンは減速した。館が近づいてくる。

館は広い草地に囲まれていた。そこここから小道が発し、森に入りこんでいる。ピンクや青や黄緑の長い作業着を着た人々が、いくつかの群れをなして歩きまわっている。リンカーンは、背を曲げた若い男を追いこした。長髪で、めがねをかけ、青い作業着のズボンのボタンを外して、もぐらの巣穴に小便をかけている。噴射をできるかぎり正確におこなうため、男はひざまずいていた。細心の注意を払って、もぐらが掘った穴に小便を注ぎこんでいる。真面目だが、意地悪そうな顔つきだ。横を通りすぎる派手な大型車にはなんの関心も払わない。

リンカーンは他のおかしな連中も追いこしていった。男は青、女はピンクの服を着ている。黄緑の作業着は——男も女もいるが——有能そうに見える。明らかに管理する側だ。

車はようやく私道の終点に達し、館の前の車寄せに停まった。すぐそばに二列並んだ純白の中央階段がある。エンジンを切り、運転手が降りた。ずんぐりした三五歳ほどの男で、体も顔も丸く、短足で、青いウールの制服を着こみ、白いシャツ、赤いネクタイ、制帽を身につけている。帽子をとると、髪の毛が見えた。お椀のような形にカットされている。運転手は後部ドアを開けた。同じ年格好の男が降りてくる。裾の広がったズボンに、銀色に光るビロードのサファリジャケット。短い髪は、ほとんど金髪に近い明るい赤毛で、とても柔らかそうだ。顔が長く、頭が良さそうで、まったく表情を変えず、尊大で、見る人が見ればフランチョット・トーン[1]に似ているといっただろう。ピンクの皮膚には茶色いそばかすが無数に浮いて、肌の色と混じりあっている。目は池の水のような緑。どことなくテレビ映画に出てくるミュータントを連想させる。

小石が飛んできてリンカーンの後部に当たり、音を立てた。運転手とそばかすの男が振りむくと、石を投げたのは、不精髭を生やし、青い作業着を着た四〇がらみの男

1　アメリカの映画スター。一九〇五～六八年。ヘンリー・ハサウェイ監督『ベンガルの槍騎兵』、ビリー・ワイルダー監督『熱砂の秘密』などに主演。シニカルな繊細さを帯びたヒーロー像を得意とする。大女優ジョーン・クロフォードとの結婚をはじめ四度の結婚・離婚、過度の飲酒癖で知られた。

だった。黄緑の服の女が急いで駆けつけた。

「車に石を投げたのね、ギヨーム？」

「ふん」

「なぜそんなことをするの？　車に傷をつけたいの？」

四〇男は肩をすくめ、身をひるがえし、憤慨したようにたち去った。黄緑の女は愛想よく訪問者に声をかけた。

「みなさんは？」

「アルトグ」とそばかす男はいった。「約束がある」

「入院ですか？」

「退院だ。私がいかれてるように見えるか？」

女は笑った。

「みんなそうは見えませんのよ。でも、ここではその言葉はお出しにならないで。びっくりしてしまいますわ」

「びっくりさせるのが趣味なんだ」

「入居者に精神的苦痛をあたえますから」

「苦痛をあたえたくないとはいい切れないな」

「はあ?」女は体を寄せて尋ねた。ひねくれたいいまわしに途惑ったのだ。

「話はもういい。人が待っている。ともかく、待っているはずだ。ある人物を迎えに来たんだ」

「階段をお昇りください」女は急に事務的になった。「なかに入ると、ホールがあって、常駐の係員がおりますから。申し訳ありませんでした」

「ちょっと待った」

そばかす男はリンカーンの後部を確かめ、身を起こした。

「被害はない。どうして連中に石を投げさせておくんだ?」

「自主管理の原則ですわ。あなたにはお分かりにならないでしょうが」

「ばかな女だ」

女は顔を紅潮させたが、笑いを作った。

「それだけだ」そばかす男はいった。「もう下がっていい」

女は顔を赤くしたままひき下がった。愛想笑いは消えていた。

「車に残っていてくれ」そばかす男が運転手に命じた。「連中に石を投げさせるな。

必要なら殴ってやれ」

運転手が座席に斜めに座り、車の外に脚を出すと、雇い主は白い階段を上り、館に入っていった。ホールの空気は冷ややかだった。そばかす男はひとつ身震いした。床には大理石が敷きつめられ、ホールの通路に沿って、鏡ばりの飾り扉が続いている。褐色の髪をしたラテン系の男がマホガニーの机に向かって、「週刊シャルリ」誌を読んでいた。

「ミシェル・アルトグ」と名乗る。「約束がある。ロザンフェルド医師に会いたい」

「お待ちしておりました。ご案内します」

褐色の髪の男は立ちあがり、机に雑誌を放りだし、アルトグの先に立った。鏡の扉のひとつを開け、詰めものでふくらんだ壁の狭い廊下を進んだ。やはり詰めものでふくらんだ白い革の扉の前でチャイムを鳴らす。

「どうぞ」インターフォンが答える。

褐色の髪の男は扉を開けた。

「アルトグさんです」と来客を知らせる。さっと退いてそばかす男をなかに入れると、扉を閉めて、たち去った。

ロザンフェルド医師はアルトグのところに来て、手を差しだした。ほぼ同じ背丈だ。ロザンフェルドの頭は禿げはじめており、明るい表情で、タータンチェックのネクタイを締め、背広は着ていなかった。

「お会いできて光栄です」とロザンフェルド。

「娘の準備はできたか？」

「マドモワゼル・バランジェは準備中です。まもなくここに来ます。いま知らせますから」

事務机に戻り、インターフォンを操作する。ここは館の四隅にある塔の、池に面した一角だった。開いた窓から湿った匂いが入りこんでくる。アルトグはガラス窓に近づき、下を見おろした。

「アルトグさんが見えた」ロザンフェルドが説明している。「マドモワゼル・バランジェがスーツケースを持ってすぐに来られるようなら……」

インターフォンから震える話し声が洩れる。ロザンフェルドはうなずいて、通話を切る。見ると、アルトグは安楽椅子でぐいと背筋を伸ばし、不機嫌そうに水面を眺めている。ロザンフェルドは引出しを探って、真っ直ぐなパイプとジャン・バールの煙草を取りだし、パイプに詰めた。うすら笑いが口元に浮かんでいる。アルトグが急に医師のほうを振りむいた。

「小切手を切ろう」

医師は目を大きくした。

「寄付だよ」そばかす男は強調した。「病院への寄付金だ」

「そうですか、お望みとあらば。とくに必要はないのですが」

「あなたの事業は興味深い」

「反精神医学が、ということですか?」

「それは知らん」とアルトグはいった。「いかれたやつらをあずかってくれることだ」

ロザンフェルドは顔をしかめ、口を開きかけたが、考えを変え、パイプに火をつけた。アルトグは机の隅に向かって、一万フランの小切手に署名した。それが済むと、小切手を医者に手渡した。

「大金ですね」とロザンフェルド。

「私にとっちゃはした金だ」アルトグは答えた。

2

館のパーティルームでは、患者の一団がベンチに並んで腰かけていた。看護人の目を盗んで、キラヴィのワインの一リットル瓶をまわし、ストローで飲んでいる。演壇の上では一〇人ほどが動きまわり、歌を歌い、音楽を演奏していた。ドラムス、アップライト・ピアノ、コルネット、テナー・サックス。

「おお！　初めて　いだきあったときの　心うずく　喜びよ！」コーラスが叫ぶ。

何人もの観客がのべつまくなしに拍手している。

ジュリー・バランジェの部屋でもこのコンサートの遠い音が聞こえたが、歌詞までは分からなかった。

部屋の内部はサイコロ形で、薄い緑色の壁、白いベッド、テーブルと椅子がひとつずつ、窓にはブラインドが掛かり、麦畑を描いたゴッホの絵の複製がある。ジュリーは荷物の横に立っている。荷物は厚紙製のスーツケースとビニールのバッグだけだ。背の高い痩せた娘で、頰がこけ、髪は豊かで真っ黒だった。血の気がない顔だが、唇は濃い赤だ。美しいのに、人をどきりとさせるところがあった。女装した男のようにも見える。ツイードのスーツは紳士服の仕立てで、この季節には暑すぎる。茶色く日に焼けた長い手の指が、乾いたいんげんの茎のように袖からはみだしている。

満面に笑みを浮かべた馬面の看護婦が入ってきた。

「来ましたよ」と告げる。

「もう?」

「あら、行きたくないの?」

「落ち着かないのよ」

「さあ、行きましょう。心配することはないわ。いい人らしいから」

「そうね」とジュリーは答えた。

看護婦はスーツケースを取って部屋を出る。ジュリーもバッグを持って、あとに続いた。ふたりは建物の外に出て角の塔に向かう。日が照っている。春だ。館の正面玄関の前にリンカーンが停まっているのが見える。運転手は「レキップ」紙を読んでいた。サングラスをかけている。ジュリーのほうを見返した。

女ふたりは小さな扉をくぐって塔に入った。廊下が数メートル、それから白いふくらんだ革張りの扉。チャイムを鳴らすと、インターフォンが応じる。

「どうぞ、入って」

事務室に入ると、ジュリーはそばかす男を見て、その若さと小僧のような格好に驚いた。ロザンフェルドは口にパイプをくわえたまま立ちあがっている。いつもより陰気な顔つきだ。

「ミシェル・アルトグさん。こちらがジュリー・バランジェ」ロザンフェルドがふたりを引きあわせる。

アルトグはジュリーをじろりと見た。

「話は車でしようじゃないか。さあ行こう」

「いきなり？　なんの話？」

「庭を散歩でもしてきたらいかがです？」とロザンフェルドがとりなした。「ちょっとお互いを知るために。ジュリーはここで五年も暮らしたのに、今日から私たちとは永遠にお別れですからね。当然のことながら気が動転しているのですよ。彼女の立場だったら、あなただって不安になるでしょう」

「いい気分はしないだろうな」アルトグは答え、「さあ、おいで」とジュリーにいった。

「池のそばに飲み物でも持っていきますよ」消え入りそうな声で、それでもロザンフェルドは割って入ろうとした。

アルトグはもう答えようともしなかった。ジュリーのスーツケースを摑み、医者に手を差しだす。その手を医者は力なく握った。

「ジュリー」ロザンフェルドはさらに続けようとする。「いうまでもないことだが……」

「じゃあ、いうまでもない！」アルトグが乱暴に結論した。

そして娘の肘を摑んで、扉へと引っぱっていった。

3

リンカーンが発車しようとするとき、後部座席のジュリーは後ろをふり返った。ガラスごしに、手でさよならをしている医者と、クリネックスを振っている看護婦のセシル夫人が見えた。ふたりはすぐに小さくなった。タイヤが小石の上で音を立てている。それからリンカーンはアスファルトの車道に入り、館が私道の向こうに消えた。車はスピードを上げ、木々と腐った木の葉が続く。

ジュリーはこの車に感嘆していた。船に乗っているみたいだ。インテリアは本物の革とマホガニーでできている。前の座席の背もたれには、様々な種類の調度が取りつけてあった。ジュリーは革にはめこまれた金具に手を滑らせてみた。

「見てごらん」とアルトグ。

切りこみを開くと、ミニバーと、無線電話と、小さなテレビのモニターと、超小型の速記用タイプライターが見えた。

「べつに魔法の車じゃない。もちろん、人が造っているんだ」アルトグは説明した。

「でも、すごいわ。わたしは金持ちじゃないから」

ジュリーは磁石で開閉する仕掛けをいじっていた。その指の下で新たな物入れが開いた。なかにはリボルバーが入っており、ジュリーはコルトだろうと思った。実際には短銃身のアルミニウス、ドイツの拳銃だった。銃把の側面はプラスチックで、おもちゃのように見える。ジュリーは蓋を乱暴に閉めた。アルトグは笑った。

「護身用の武器だ。悪いが、私は悪の帝王じゃないよ」

「石鹼会社の帝王って聞いたわ」

ふたりは声をあわせて笑った。

「悪の帝王だとは思わなかったんだな」アルトグは続ける。

「もちろん。礼儀正しいおじさんに見えたもの」

「善人だという評判のせいだな。みんな私を老いぼれだと思っているんだ。一杯飲むかい？」

「禁止されてるの」

「くそ喰らえだ！」アルトグが大声を出すと、ジュリーはひどく眉をしかめた。

アルトグはミニバーを開け、バランタインのオン・ザ・ロックを二杯作り、ひとつをジュリーの手に押しつけた。

「デデ[2]！」と呼びかける。「お前も一杯飲むか？」

「喜んで」運転手が答える。

アルトグがウィスキーを渡すと、ずんぐりした男は運転しながら一気に飲みほした。

リンカーンは西に向かう高速道に乗った。すぐに加速する。一四〇キロまで上げて、そのスピードを保ち、左車線を飛ばした。寝台車に乗ったような快適さだ。

「私のことをどう思う？　私について何を知っている？」アルトグが尋ねる。「お伽話の主人公になったような気分か？」

「お伽話は信じていないわ」

「そうか。じゃあどう思うんだ」

「石鹼と、石油と、洗剤の帝王。大金持ちで、慈善家なんでしょ」

「ちょっとオーバーだな」

「でも『善行』を施している。不当に利益を得ているという罪悪感の埋めあわせじゃないかしら。働いて財産を築いたわけじゃないから。お兄さんとその奥さんが死んで財産が転がりこんだのね。すこしでも彼らの死を願っていたとすれば、強い罪悪感を抱くのは当然のことよ。それに、誰だって、多かれ少なかれ自分の兄弟の死を願うものじゃないかしら」

「大したもんだ！」アルトグはかすれた声で叫んだ。「病院で聞いたのか？」

「病院じゃない。自由施設よ。いつでも出ようと思えば出られたわ」

「だが、五年もいた。なぜだ？」

「あたしのカルテを読んだんでしょ。それなら理由も知ってるはずだわ」

2　運転手の本名である「アンドレ」の愛称。

4

リンカーンはセーヌの河岸を走った。プラスチックのヘルメットをかぶったポルトガル人たちがつるはしを振るっている。アルトグはジターヌの箱を出し、ジュリーにも一本勧めると、彼女は受けとった。

「君には見違えるようだろう。五年のあいだにずいぶん建物がたったから」

「話は聞いていたわ」

「都市計画に興味があるのか?」

「べつに。あなたは?」

「私もべつに、だ」

ジュリーはうすく笑い、鼻孔から煙草の煙を吐きだした。

「知ってるわよ。あなたが自分でアルトグ財団のビルの設計をしたんでしょ」

「アンス=ペテール&マルグリット財団だ」

「でも、みんなアルトグ財団って呼んでるわ」

「でも、アンス＝ペテール＆マルグリット財団なんだ」

「あなたのお兄さんとその奥さんの名前ね」

　そばかす男はうなずいた。口の両端が引きつっていた。煙草のかすが下唇につき、吸い口が唾液で濡れている。

「ものの見方によっては」アルトグは答えた。「私は財団のビルを建設することで、兄に抱いた殺意の償いをしているのかもしれん」

「精神分析に興味があるの？」

「君の都市計画への興味程度だ」

　リンカーンはセーヌを越え、ヌイイの市内を走った。ロンシャン通りで、建物の正面にプラスチック板の大壁画を掲げたビルのほうへ曲がりこんだ。車の前で扉が自動的に開く。コンクリートの傾斜路を下り、地下の駐車場に入ると、フォルクスワーゲンの小型車が二台、シトロエンＤＳ21とポルシェが一台ずつ見えた。車は標識のある区画に入り、停まった。

「うちに着いた」とアルトグ。「ビル全体が私のものだ」

　運転手が降りて、アルトグの扉を開けに来た。ジュリーは自分で反対側の扉から降りる。DSとワーゲンのあいだに、ひどく肩幅の広い影が浮きあがるのが見えた。フラップのいくつも付いた白いレインコートの男だ。男は大股で足ばやに近づいた。左手に丸めた雑誌を持っている。

「こん畜生、このくそ野郎！」男は叫んだ。

リンカーンの運転手がすばやく向きなおり、拳を振りあげて男に飛びかかった。男は運転手の胸の中央を殴りつける。ジュリーは呆然とその打撃音を聞いていた。運転手は拳を振りあげたまま後ろにふっ飛び、コンクリートの床に倒れこんで、頭蓋骨が地面に激突する音がにぶく響いた。

アルトグは車内に戻ろうとしている。白いレインコートの男はアルトグに追いつき、車に入りかかった体の真ん中にドアを叩きつけた。アルトグは苦痛の悲鳴を張りあげる。男はアルトグのサファリスーツの襟元を摑み、リンカーンから引きずりだし、地面に叩きつけた。

「やめて！　やめて！」ジュリーが金切り声を上げる。

男は完全に無視し、飛びかかってアルトグの脇腹に蹴りを入れた。アルトグは唸り声を絞りだす。顔面蒼白だ。ジュリーはリンカーンに戻り、リボルバーの入った物入れを開けた。半開きの扉から白いレインコートに狙いをつける。

「やめないと、殺すわよ！」と叫ぶ。

男はジュリーを見た。のっぺりした顔にボクサーのようなつぶれた鼻、丸い目はほとんど色のない灰色だ。頭の天辺《てっぺん》が禿げはじめている。黄色がかった髪が乱れて垂れていた。

「安全装置も外れてないぞ」

男は大声で笑い、丸めた雑誌でリボルバーをはたいた。アルミニウスはコンクリートの床に落ちて回転した。男は肩をすくめ、大股で出口の傾斜路に向かった。ジュリーは急いでリボルバーを取りあげる。だが、どうしていいか分からない。男を止めるべきか、地べたで喘ぐアルトグを介抱すべきか。考えているうちに、白いレインコートは扉を通りぬけ、男の背後で扉が自動的に閉まった。

「お願い！　だれか！」ジュリーは助けを呼んだ。運転手がふらつきながら立ちあがる。腹をさすっている。

「医者を呼べ」とアルトグ。「肋骨が折れた、分かってるんだ。触るんじゃない」

「警察も」とジュリーは口ごもった。

歯ががちがち鳴っている。

「だめだ。医者だけだ。急げ」

運転手は体を深く折りまげ、吐き気で痙攣しながらも、リンカーンの無線電話で医者を呼んだ。ジュリーは途方に暮れてアルトグのそばに突っ立っていた。

「ありがとうよ」傷ついた男はかすれ声でいった。「リボルバーをしまってくれ。お願いだ」

「怖いわ」

「まだこれからさ」

5

ビルは六階建てだった。医者がアルトグを診るあいだ、運転手がジュリーを連れて建物を案内した。一階と二階は仕事場と空っぽのオフィスが占めている。厚いカーペットが敷かれ、チーク材の家具が備えつけてある。モンドリアンが何枚か壁に掛かっていた。

エレベーターは三階で停まった。扉が開いたが、運転手は操作ボタンを押して、扉を閉じた。

「社長の部屋だ。呼ばれたとき以外、うろつくのは禁止」

さらに一階上る。

「ここがあんたの部屋。降りよう。一番上の階は、悪がき専用だ」

「子供のペテール？」

「そう。悪がき」

「ひとりでワンフロア全部？」

運転手はうなずいた。

「あとで社長が会わせてくれる。さあ、部屋を見てくれ」

ジュリーは運転手のあとに付いて、窓のない廊下を進んだ。白い扉を開けると、一〇×四メートルほどの部屋に通じていた。青いカーペットに白い壁。奥にはひどく大きな窓があって、ロンシャン通りに面している。左の壁にはポロックが一枚掛かっている。右の壁には整理用の戸棚類が置かれ、つるつるした白い合成ペイントで上塗りが施してある。赤い毛布の掛かったベッドも同じだ。ベッドカバーはない。部屋の真ん中にテーブルと椅子がひとつずつ、家具はそれだけだ。がらんとした空間が余っている。ジュリーは身震いし、腕を組んだ。運転手はスーツケースを手に部屋の中央へ進んでいた。ふり返る。

「俺の名前はアンドレ。あんたは？」

「ジュリー。ジュリー・バランジェ」

「共産党の政治家と親戚じゃないよな？」

「ええ。誰の親戚でもないわ」

「俺も離婚したけどな」と運転手。「一杯飲むかい？」

スーツケースを床に置き、戸棚の下を開ける。酒瓶がずらりと並び、レコードプレーヤーも見えた。運転手はジュリーの視線に気づいた。

「こいつか、社長は客にけちけちするのが嫌いなんだ。変な人だ。何を飲む？　もう一杯スコッチか？」

ジュリーはうなずいた。運転手はグラスを差しだす。自分にはすでにリカールを注いでいた。運転手はグラス半分を一気に飲み、袖で唇を拭った。

「あんた、体は脊髄《せきずい》炎のばあさんよりましだな」

「脊髄炎のばあさん？」

「前の子守りさ。完全にいかれてた。それに五十女でな。そのうえ馬鹿だった。で、あんた。あんたはどこなんだ？」

「ぜんぜん分からない」とジュリーはいった。「どこって何？　何をいってるの？」

「あんたの具合の悪いところさ」

「あたしは治ったのよ」ジュリーは強調した。

「そうだろうともよ！」運転手は声を荒らげた。「社長はどうかと思うほど善いことが好きなのさ。だから、いかれたやつしか雇わない。障害者のための工場だって造ってる。分かるか？」

「何がなんだか」

「車椅子に乗ってる連中に流れ作業をさせるのさ。家のなかでも同じだ。料理女は癲癇もちで、庭師は片腕。もっとも剪定《せんてい》ばさみは片手しか使わないからな。個人秘書は目が見えない。給仕は歩行性運動失調症とやらだ。だから、料理が出てくるときに冷たくなってても驚かないことだ。悪がきの前の子守り女のことはもう話したな。それに、あんただ。自分のことは自分がいちばんよく知ってるだろ」

「じゃあ、あんたは?」

ジュリーはゴロワーズの箱とクリケットのライターを取りだしていた。煙草に火をつけ、首をそらせて、鼻から煙を吐きだす。

「で、あんたは?」とジュリーは繰り返す。

運転手は肩をすくめた。

「俺は落下傘兵だった。地雷の上に着地した。それでまともには歩けなくなった」

「じゃあ、さっき暴れた男は?」

「あれは別の口だ。社長の友だちなのさ」

「友だちにしちゃ変ね!」

「むかしの友だちだ。アルトグは最初は一文なしだった。からっけつだ。土建だか建築だか、まあそんなところで、フエンテスってもうひとりの馬鹿と一緒だった。そいつがさっき駐車場で俺たちを襲った男だ」

「『一緒だった』ってどういうこと?」

運転手は三杯目を注いでいた。それから白いテーブルの前の白い椅子に座った。

「べつにホモじゃない。一緒に働いてたってことさ。一緒に建築事務所をやってた。

名前ばかりのな。うまく行かなかったんだが、そんなときドッカーンだ！――アルトグの兄貴が飛行機で椰子の木にぶつかった。金はぜんぶ兄貴と兄貴の女房が握ってた。そしたら、いきなりアルトグが悪がきの、つまり兄貴の子供の後見人になって、金を握ったのさ。それで、もうひとりの馬鹿のフエンテスを追いだしたんだ。だが、それをフエンテスは絶対に許さない。だからやって来てはアルトグを痛めつけるんだ、時々な」

「時々ね」ジュリーは反復した。「面白いわ」

「あいつをぶっ飛ばしてやりてえよ」運転手はため息をついた。「おれと給仕とで夜の見まわりをしてるし、コルトだって持ってるんだ。二度や三度はあのフエンテスに弾をぶちこむチャンスもあった。だが、アルトグが絶対にだめだとさ」

ジュリーはスコッチを空にし、体をぶるりと震わせた。運転手は彼女に向かってにやりと笑った。

「心配か？」

6

運転手が出ていってしまうと、ジュリーは荷物をほどいた。持ってきた荷物はわずかなのに、戸棚は大きすぎた。だが、開けてみると、すでに半分は埋まっていた。ハンガーにはいくつも服が掛かっている。たたんで棚に片づいている服もある。ジュリーはすぐに一着ずつ確認した。全部新品で、サイズはぴったりだ。鏡を探していると、ポロックの絵の横にほとんど目立たない扉があり、その向こうが浴室だった。寝室と同じく、浴室にはすべてが揃っていた。石鹸、体を洗うための馬の毛の手袋、歯磨きのチューブ（三種類）、入浴剤など。脚の毛を剃る道具さえあった。ジュリーは不愉快になって歯ぎしりした。

浴室の壁には大きな鏡があり、ジュリーは鏡のなかの自分を覗きこんだ。好みの新品の服を何着も試してみた。裸にもなったが、鏡に映った体は気に入らない。男みたいで、体つきは馬のようだ。胸は平たすぎ、肩は筋肉がつきすぎ、腰は細すぎ、ウエストは締まりがなかった。髪は真っ黒で、セミロング。毛先までパーマが掛かり、人工的にセットされて、かつらのように見える。要するに、最近手術を受けたおかまみたいなのだ。

用意された新品の服を着るつもりはなかったが、気に入った服があるのがかえって癪《しゃく》にさわった。戻ってスーツケースを開き、時代遅れの小さな黒のドレスを身につけた。それから残りの荷物を片づけた。

買ってから五年も経った服が数着。本物の宝石などむろんなく、紛《まが》いもののアクセサリーすらない。洗面所の上のガラス板に、化粧用のポーチを置いた。薬のポーチも。ジュリーはガラスに傷のついたケルトンの腕時計を見て、抗うつ剤のトフラニルを一錠飲む時間だと判断した。少量のスコッチで流しこむ。最後に、本を整理した。推理小説が数冊、文庫本のフロイト、どこにでもいる鳥や、野の花の名前を調べるための英語の本のシリーズなどだ。

整理している最中、戸棚にはめこまれたプレーヤーの横にレコードがあるのを発見した。モーツァルト、バルトーク、ニューオリンズ・ジャズ。ジュリーはプレーヤーと一体になったラジオをつけた。

窓のところに行き、試行錯誤ののち、スイング式の開閉の仕掛けを理解した。ようやく窓を開け、肘をついてロンシャン通りを眺める。舗道の雰囲気からは平穏な裕福さが感じられた。背後ではラジオが鳴っている。クロード・フランソワが熱狂的にわめき散らしている。それからヴァイオリンの調べに乗って、女性の声が次から次へと、駆虫剤やスリップ防止タイヤや男性用雑誌の素晴らしさを誉めたたえた。ジュリーはラジオを消しに行き、かわりにプレーヤーのスイッチをいれて、「キング・ポーター・ストンプ」をかけた。

窓に戻ると、どきりとした。暮れはじめた夕闇は物憂く暖かいが、街灯でほの白くなった薄紫の闇に、フラップつきの白いレインコートの大きな影が見えたように思ったのだ。もっとよく見るために体を乗りだした。「キング・ポーター・ストンプ」の旋律のせいで目に涙が浮かんでいる。涙を拭ううちに、人影は消えていた。幻か、思いすごしだったかもしれない。

扉を叩く音がして、ジュリーは身震いした。開けに行く。アルトグが入ってきた。その微笑みはパーキングメーターの硬貨の投入口を連想させた。白い丸首のセーターを着て、下から包帯のわずかな膨らみが見えている。

「立てるのね！」ジュリーは声を上げた。

「悪いか？」

「肋骨は？」

「二本ひびが入った。きつく包帯を巻いているんだ。気にしないでくれ。デデが案内したようだな。居心地がいいかどうか確かめに来たんだ。それと、一五分後に夕食だということも。普段は、別の部屋でペテールと一緒に食事してもらうつもりだが、最初の夜だから、ちょっとおしゃべりしたいと思ったんだよ。下に来て何か飲まないか」

　ふたりは三階の客間に入った。褐色の革の巨大な肘掛け椅子があちこちに置いてある。ジュリーはもう一杯飲むことにした。

「さっき暴漢が私を襲ったことについて、わけを知りたくて気をもんでいるんじゃないかな」

「いいえ。アンドレが説明してくれたから」

「そうか。フエンテスというのはいわば落伍者で、いつも気が立っている。だが、警察に捕まえさせる気にはなれないんだ。おや、歯が鳴ってるな？」

「わたし、アレルギーみたいで、けいさ……」

ジュリーは体を前に折りまげた。

「ごめんなさい」ジュリーはいい直した。「わたし、警察という言葉を聞くとアレルギーが出るの」

「いったいどういうわけで？　トラウマでもあるのか？」

「分からない。子供のとき農家に預けられていたんだけれど、六歳のとき、そこの女が県庁のある町にわたしを連れていって、警察の留置場に一時間閉じこめたの。権威を恐れる気持ちをもつことが大事だからって。それがわたしとアルフレッド・ヒッチコックの唯一の共通点ね。そのあとで、ひきつけを起こしたの」

「ああ、知ってるよ、君のカルテをよく読んだからな」

一瞬、沈黙が流れた。

「いや、まあいい」アルトグは続けた。「フエンテスの話に戻ると、あいつに相応の処置を取ることには躊躇《ちゅうちょ》してしまうんだ。なにはともあれ、古いつきあいだ。いわば赤貧の時代からのね。切っても切れない縁なんだ。とてもいいやつだし」

アルトグはすこし笑った。

「人間として当然じゃない？」とジュリーはいった。「彼は、あなたがなろうとしてなれなかったものだもの。売れない建築家」

アルトグの左肩が神経質にもちあがった。しかし、すぐに皮肉な調子に戻った。

「いや、あの男はもう建築家じゃない。建築なんかくそ喰らえだといっている。現場監督として、つまり肉体労働者として働いている……。どこで暮らしているのかも分からないんだ」

「さっき、下の通りで彼を見たような気がするの」

「ありうるよ。この辺をよくうろついているから」

「それならいいけど」

そばかす男は笑った。先ほどとは違う、もっと寛いだ笑いだ。ジュリーにジターヌを一本差しだし、翡翠《ひすい》でできた大きなライターの置物で火をつけてやった。石のなかに黄金の裸の女がはめこまれており、乳房の先端にはふたつの小さなルビーが付いている。アルトグは立ちあがった。

「ペテールに会わせよう。料理係の女が夕食をとらせたところだ。君が寝かしつけてみてくれ」

ジュリーはグラスを置いてアルトグのあとに従う。エレベーターで最上階まで運ばれる。

「あなたは障害者しか雇わないって、アンドレが説明してくれたわ」とジュリーはいった。「それで、よく分かったの」

「分かったって何が?」

「あなたがわたしを雇った理由よ」

「君は違う」

「どこが?」

「君には愛が必要なんだ」アルトグはひどく穏やかな調子でいった。「ペテールも同じだ」

エレベーターが停まり、ふたりは暗い廊下の厚いカーペットの上を進んだ。ひとつ扉が開いていて、そこから灰色がかった明りが洩れている。ペテールはテレビを見ていた。

アルトグ財団の跡継ぎは六歳か七歳だった。赤毛で、叔父と同じようにそばかすだらけで、体はぶよぶよと太っていた。アジアの飢饉《ききん》の模様を映しだすテレビの報道番組に夢中だ。

「気楽につきあってくれ」アルトグがいう。「マルセルの代わりに君が来たことは知っているから」

彼女は部屋に入った。

「わたしがジュリーよ」

ペテールはじろりと見ると、テレビに戻った。

「寝かせてやってくれ」とアルトグ。

ジュリーはもっと奥に進んだ。

「ほらほら」と遠慮がちな声を出す。「ねんねの時間よ」

ペテールは赤いタオル地のパジャマを着ていた。ジュリーがその手を取ると、乱暴に振りほどく。ジュリーはふたたび手を取った。

「さあ、ねんねよ！」

ペテールはふくれっ面をした。

「さっさと立って！」

ふくれっ面のままだ。ジュリーが腕を持ってつよく引っぱると、ペテールはぶら下がるようにして引きずられた。引きずられながら、床を擦《こす》っているもう片方の手で、木製の犬を摑んだ。

「さあ、ペテール、しゃんとしなさい！」

子供は立ちあがった。摑まれていないほうの腕で空間に四分の一の弧を描き、ジュリーの鼻筋に木製の犬を叩きつけた。鈍い音がした。ジュリーの目に涙が滲み、子供の腕を放し、よろめいた。両手で鼻を押さえる。涙が頬に溢れた。

急に怖くなったペテールは、ジュリーの体を両腕で抱きしめ、音を立てて、せわしなくジュリーの脇腹にキスをしはじめた。手を取って、手にもキスをした。何もいわなかった。

「もう大丈夫よ」とジュリーはいった。

鼻声だった。血で鼻がつまっていたからだ。ジュリーはじっとペテールを見た。いかれた人間ばかりのこの家で、ペテールの足に水かきがないのが不思議なくらいだった。

「痛かったわよ。ほんとに痛かったんだから。でも、何もなかったことにしましょう。友だちになりたいのよ。明日、いろいろなことを話しましょう。でもいまは、子供はねんねの時間よ。分かった？」

「テレビは?」

「テレビなんかとんでもない！　眠らなくっちゃ。テレビはもうおしまい！」

ペテールはいきなり木製の犬のところに戻り、犬を画面に投げつけた。ブラウン管が爆発した。熱いガラスが破裂し、真空管、トランジスタ、金属、プラスチックの破片が音を立てて飛びちった。チューナーのつまみが壁にぶちあたる。

「ぎああ！」ペテールはありったけの力をこめて叫んだ。

ジュリーは腕を振りあげ、ペテールに強力な平手打ちを見舞った。子供は壁までふっ飛んだ。ペテールは撥ねかえったものの、バランスを回復し、拳を握りしめ、目を閉じて、直立不動の姿勢を取った。瞼が痙攣している。つよく殴りすぎたことにジュリーは自分でも怖くなった。アルトグのほうをちらりと見ると、彼は部屋を対角線で横切り、粉々になったテレビのソケットを引きぬいていた。そばかす男は何ごとにも動じなかった。

「これでいいわ」ジュリーはペテールにいった。「わたしはあなたをぶった。あなたもわたしをぶったもんね。明日はゼロからやり直しましょう。分かった?」

「分かった、分かった、分かった、分かった！」ペテールはわめいた。「ぼくに分かったかって聞くのはもうやめて！」

ペテールはベッドに上がり、布団の下にもぐりこんだ。アルトグはジュリーの肩に手を置いた。

「食事にしよう」

7

電話の鳴る音でジュリーは目を覚ました。受話器を取りながら、腕時計を見た。六時三五分。頭痛がして、口のなかが粘ついている。

「起こしたかな？」アルトグの声だった。

「ええ」

「私のオフィスに降りてきてくれるか？」

「どこです？」

「一階、Kの扉だ。待っている。コーヒーもある」

「分かったわ」

「一〇分後に」と受話器が告げた。

電話を置く。ジュリーはシーツのあいだから体を引っぱりだし、よろめいて、ベッドの端に腰かけた。ひどい二日酔いだ。拳で目を擦った。

浴室に行くと、洗面台の明るいランプが、牡蠣の身のようないやらしい色の光でジュリーを照らしだした。歯を磨き、髪を梳かし、トフラニルを二錠飲む。シャワーを浴びている時間はない。簡単に化粧を済ませ、部屋に戻った。ジュリーの持ち物であるヘルメス・ベビーの小型タイプライターがテーブルに置かれ、紙片が一枚挟んである。ジュリーは身を屈め、紙面を読んだ。

ヌイイーにて、六月五日

グジー市　シャトー・デ・ボージュ78番

Y・ロザンフェルド博士宛

先生、

自分でもやめようかと思ったことは事実なのです。だって

「なんだ、これ！」とジュリーは小声でいった。「よっぽど酔っぱらってたのね！」

紙を引きぬき、丸めて玉にし、円筒形のアルミニウムの屑入れに放りこんだ。衣裳棚を開け、黒のズボンと黄色の上着を身につけた。

「きっとお払い箱になるんだわ」とひとり言をいう。

エレベーターに乗る。一階ではすぐにKの扉が見つかった（ドアの上に、金色に塗られた金属製のKの文字が浮きあがっていた）。ジュリーはノックする。なかからアルトグの話し声が聞こえる。

「入ってくれ！」

命令に従い、自分の後ろで扉を閉めた。オフィスは真っ白な正方形で、書類やファイルでいっぱいの白い机、白い椅子、白い革の大きな肘掛け椅子がふたつ、同じ材質の仮眠用の寝台があった。アルトグは寝台の端に腰かけ、奇妙な形の電話で話をしている。受話器の基底部にダイヤル盤があり、ひどく長い螺旋状のコードが延びている。そばかす男は髭を剃っていなかった。白いナイロンのガウンをはおり、下から黒と青のパジャマが見えている。煙草をふかしていた。一本脚の金属製の灰皿が横に置かれている。

「グージョンの計画なんてどうでもいい！」アルトグは電話にどなった。「私の望みはいった通りだし、設計図も送ったぞ。それで十分だろうが？　くそったれめ！」

ジュリーは明るい灰色のカーペットの真ん中でためらっていた。アルトグは手を振ってジュリーに座るよう促した。煙草の灰が床に落ちる。

「自分のけつの始末だけしてりゃあいいんだ！」電話にわめきちらす。「労働者の住宅を歩道でつないで、鉱山まで高速道路を通す。費用だと？　なんの費用だ。費用の心配は私がするんだ！」

ジュリーは「費用」という言葉を聞いて、「肥料」だと思った。なんのことかさっぱり分からなかった。

「よし。そのほうがいい。あさってはミュンヘンにいるからもう一度電話をくれ」

アルトグはさよならもいわず電話を切り、ジュリーのほうを振りむいた。そばかすの顔は脂でてらてらしている。頭の天辺は髪がかなり薄くなって斑点が浮き、髪の毛根に汗が光っている。吸っていた煙草でもう一本のジターヌに火をつけた。

「コーヒーを注文したんだぞ！　どこだ、くそコーヒーは？」

扉がノックされる。

「入れ！」

執事が白い盆にコーヒーを載せて入ってきた。

「遅いじゃないか、ジョルジュ」そばかす男は不平を鳴らした。

「私が自分で淹れなければならなかったもので」ジョルジュの声は心外そうだった。

「いったいどういうわけだ？　料理女に給料をちゃんと払っているんだぞ」

「ブデュー夫人は大変に具合が悪いのです」とジョルジュ。「発作を起こしまして。またも危うく窒息しかかったのです」

「そいつを置いて、さっさと出ていけ」

「承知しました」

ジョルジュは部屋を出た。アルトグは立ちあがり、黒いハンカチで顔を拭った。隣室に通じる扉を抜け、姿は見えなくなったが、声が聞こえる範囲にはいた。

「昨日の夜はずいぶん酔っぱらっていたな」アルトグは大声でいった。

「そうかもしれない」ジュリーの声は硬かった。「なんにも憶えていないの」

「酒と鎮静剤だろう？」姿を見せぬ億万長者は妙にはしゃいだ声でいった。「常習になるとまずいぞ。とくに仕事のあいだは」

「仕事のあいだじゃなかったわ」

「まあいい。コーヒーを注いでくれないか。頼むよ」

ジュリーはコーヒーを注いだ。アルトグはズボンを穿いて現れた。上半身裸で、裸足だ。胸に包帯を巻いている。手には電動シェーバー。仕事机に座り、電話を指ではじいた。

「大馬鹿どもめが！」と怒鳴る。机に山積みになった書類をあさり、大きな水彩を施した図面を見つけだし、ジュリーに向かってそれを机にぴしりと叩きつけた。

「見てくれ。私が書いた設計図だ。都市計画の図面の見方は知っているか？」

「いいえ」

そばかす男は落胆した様子だった。

「くそっ」と言ってため息をつく。「むろん、見事なものだ」

「朝の六時半に起こしたのは、そのごちゃごちゃした図面を見せるため？」

アルトグはコーヒーをひと口飲み、ジュリーを興味深げに眺めた。

「反抗的だな」とつぶやく。「君のことはなんでも知っている。スリ。放火魔。大したもんだよ」

「別に」ジュリーはいい返した。「全部カルテに書いてあることでしょ」

「君たち貧乏人はあまりにも馬鹿すぎる」とアルトグは意見を表明した。「木偶の坊の役立たずだ」

「だれにでも財産が転がりこむとは限らないしね」

アルトグは肩をすくめた。

「私は違う。財産の使い道を知っている。だが、君たちはどう使っていいか途方に暮れてしまうだろう。君や、フエンテスや、要するに、君の同類だ。私には実績がある」

「お金ね」ジュリーはいった。「お金と、つまらない図面」

「つまらない図面。つまらない図面か」と放心したようにアルトグは繰り返した。

顔の下半分は引きつっている。体をぶるりと震わせ、机から三重に畳まれたファイルを取りだし、そこから21×27判の写真を大量に振り落とした。

「これが実績だ、くそっ、これが実績だってんだ！」

悪態をついたが、実際は落ち着いているように見えた。胸骨の上を手のひらで叩いた。汗が異常に滴りおち、体毛のない色白の体の上でいやらしく光る。アルトグは立ちあがり、シェーバーのスイッチを入れた。ジュリーはぼんやりと写真を眺めている。家また家。ビルまたビル。橋また橋。裏には土地の名前と日付が記してある。ジュリーはコーヒーを飲みおえた。アルトグはシェーバーを止めた。

「私の業績がお気に召さなかったかな?」

「お金さえあれば好きなことができるわ」

「私は美を創造しているんだ」

ジュリーは反論するのをあきらめた。そばかす男はシェーバーを置いたが、髭のかすを掃除しようとはしなかった。

「君に責任ある仕事を委ねようと思う」急に声が変わる。「私は八時の飛行機に乗る。三日間の留守だ。私はいないが仕事はしてもらう。秘書のミス・ボイドは残る。金が必要になったら彼女にいってくれ」

ジュリーは首を縦に振ったが、心ここにあらずだった。一枚の写真を見つめている。

「これが気に入ったわ」とつぶやく。「とてもいいわ」

アルトグは両手で写真を受けとり、眺めた。なだらかな丘の頂に、低い建物がほとんど無秩序に、折り重なるように広がっている。異なった土地から廃屋を集めてきて、寄せ集め、それぞれを近代的な石積みで連結し、年月が経ってさらに新たな不一致が生じたという印象だった。ざらついた石の壁とスレート葺きの屋根のあいだに不格好な通路がめぐらされ、せいぜい高さ三、四メートルの円錐形の塔が立っている。中庭や建物の隅や屋根の端には草が生えている。アルトグの顔には激しく血がのぼり、その紅潮が見る見るうちに貧弱な上半身に広がり、包帯のあたりまで真っ赤になった。そばかす男は神経質に頭を掻いた。

「あなたには確かにいかれたところがあるわ」ジュリーは機嫌よさそうにいった。「これ、あなたが造ったんでしょ、ね?」

アルトグはうなずいた。

「私のフォリー[3]なんだ……」

「なんですって」

「私のフォリーだよ」とそばかす男は繰り返した。「フォリー、知ってるだろ、歓楽と気まぐれを尽くす場所のことさ。隠れ家だ……」

話しているうちに興奮は収まったようだ。

「……そこで私は」と満ち足りた様子でつづける。「思うさま想像力を解放したんだ。

子供っぽいことだったかもしれん。だが、男には、ひとりきりで、われを忘れる場所が必要だ。トラピスト修道院にいるより精神が休まるんだ」

アルトグのつき出た額から、汗のしずくが光沢紙に滴りおちた。写真を机のほうに放りなげ、そっぽを向いた。写真はくるりと回転し、机に引っかかり、ジュリーの膝に落ちた。

「一杯飲むか？」アルトグは横を向いたまま尋ねる。

「こんな時間に？」

「私は飲むぞ。勝手にやってくれ」

はめこみ式のパネルの前に屈みこみ、ミニバーを開いた。この家はバーだらけだ。大酒飲みの夢の世界だ。

「じゃあな」アルトグは振りむきもしなかった。

そしてグラスを手にしたまま、いきなり隣室への扉を抜けていった。ジュリーはしばらく考えこんでから、ブランディを一杯注ぎ、立ったまま息もつがずにすばやく飲

3　フォリーには「別荘」と「狂気」の両方の意味がある。

みほし、むかしの自分を思いだした。早朝、カフェのカウンターに寄りかかって、濃いコーヒーを飲み、それから立て続けにカルヴァドスを四杯飲んでいた時代。そして、彷徨と、涙と、疲労と、絶望の一日が始まるのだった。

8

アルトグが出発してから、ジュリーはペテールの朝食を用意するために台所へ行った。そこには執事のジョルジュがいて、巨大なテーブルの一角に座り、とろとろのオムレツを食べていた。サスペンダーを着けている。目が血走っていた。ジュリーが近づくと、立ち上がった。

「ブデュー夫人はだいぶ良くなった」ジョルジュは食べものを頰ばったままいった。「悪がきの食事は、私が何か作ろう」

卵の黄身が顎に垂れている。

「座っていて」ジュリーは答えた。「自分でなんとかするから」

洗剤の箱によく似たシリアルの箱を盆の上に積みあげる。後ろで執事がオムレツを咀嚼する音が聞こえる。

「立ってるついでに、ギネスを一本開けてくれないか？」

ジュリーは黙ってジョルジュのいうとおりにし、ビールとグラスを彼の前に置いた。執事は腹がいっぱいになって気分が良くなったようだった。顔が赤い。

「聞いた話だけど、あんたは精神病院にいたって本当かい？」

「本当よ」

ジョルジュは困惑していた。

「その前は」と彼が尋ねる。「家政婦だったのか？」

「その前は非行少女だったわ」

ジョルジュの困惑はさらに募った。

「悪かったわね」とジュリーはいった。

盆を掲げて、配膳室から業務用エレベーターに乗る。肘と脇で挟んで、フォリーの写真を持ってきていた。とくにわざわざ持ちだしたという意識もなかった。

ペテールの寝室に入る。子供はすでに起きて、カーペットの上でミニカーを走らせていた。電子腕時計を見る。

「遅刻だ」

「おはよう」とジュリーは答える。

「マルセルはどこ？　脊髄炎のばあさんは？」

「出ていったわ。わたしが代わりなの」

　ペテールは肩をすくめた。

「遅刻だ」と繰り返す。

「あなたの叔父さんがしばらく留守にするの。それでわたしはさよならをいいに行ったのよ」

「ぼくにはぜんぜん会いに来ないよ」

　ジュリーはテーブルに盆を置き、インスタント・ココアに熱いミルクを注ぎ、空の器に冷たいミルクを注いだ。

「叔父さんはとても忙しい人ですからね」

「違う。ぼくのことを嫌いなんだ。マルセルのほかには、ぼくを好きな人なんてだれもいない。マルセルがそういってた」

「マルセルは間違ってるわ」ジュリーは断言した。

ペテールは返答せず、テーブルに着いた。ミルクの入った器にあらゆる種類のシリアルを振りこみ、むさぼるように食べた。扉がノックされた。ジュリーが開ける。廊下にひどく背の高い男が立っていた。明るい金髪、顔が赤ちゃんのような肌の男で、青いウールのスーツを着こんでいる。

「……めんください」と男はいった。「テレビを持ってきました」

自分の横に置いた大きな段ボールの箱を示す。

「どなた？」ジュリーは虚をつかれて尋ねた。

「テレビを持ってきたんですよ。ここじゃないんですか？」

男は伝票を確認した。

「下の人に、ここだといわれたんですが」

「テレビだ！　テレビだ！」ペテールはその場で小躍りしながら叫んだ。

「ええ、ここだと思うけど」ジュリーが答える。「聞いていなかったもので」

金髪の大男は部屋のなかに大きな段ボール箱を運びこんだ。ジュリーはなんとなく苛立ちを感じ、窓を開け、窓の外の日よけも上げた。

「どこに置きますか？」

ジュリーは凍りついた。下の通りにフラップつきの白いレインコートが見えたのだ。バスが来て、その影を隠した。

「どうします?」

バスが通りすぎる。白いレインコートはもういなかった。ジュリーは振りむく。

「あのう、どこに置きます?」

「どこでもいいわ。床にじかに。あそこ。アンテナの差しこみ口のところ」

ジュリーは苛立って足を踏みならした。金髪の大男は段ボールを破りはじめる。のろのろしている。ジュリーはペテールのとても柔らかい髪の毛を撫でた。

「ほらね。叔父さんはあなたのことが好きなのよ」ジュリーは上の空でいった。「新しいテレビが、叔父さんなりのさよならの挨拶なのよ」

「ぼくが壊したものには、なんでも替わりが来るんだ」とペテールは答えた。

9

朝食のあとで、ジュリーはペテールをリュクサンブール公園に連れていくことに決めた。

「行きたくない」とペテールがごねる。

「わたしのいうことを聞くの！　服を着替えなさい」

ジュリーは足先で小突いた。ペテールは肩をすくめた。

「マルセルがいってたけど、精神病院にいたってほんと？」

ジュリーの白い顔がさらに白くなった。紫色の目がぎらりと燃えた。ペテールに向かって一歩進む。子供は後ろに飛びのいた。不安そうにジュリーを見つめる。ジュリーは身をひるがえし、部屋を出た。焼けるように熱いものが喉にこみ上げてきた。エレベーターに乗り、壁を拳で叩く。エレベーターを降り、廊下を抜けた。自室に入り、部屋をふらふらとよろめくように横切り、泣きはじめた。目の前が真っ赤だった。手に写真を持っている。テーブルに放りなげ、テーブルを拳で叩きつけた。黄色い上着とズボンを脱ぎすてる。ショーツとブラジャーだけになり、壁に沿って部屋を回りながら、頭を壁に擦りつけた。涙が足の指に落ちる。乱暴に衣装戸棚をひき開ける。服を着替えても、気は鎮まらなかった。

チャコールグレーのパンストと、黄緑のショートパンツと、オレンジ色がかった長いTシャツのようなものを身につけた。部屋を大股に歩きまわると、両脚の筋肉が見事な動きを見せた。浴室に行って鏡に顔を映し、自分を力づけようとした。

「だれとでもやりまくってやる！」ジュリーは声を張りあげた。

タイルの壁が憎々しげにせせら笑っている。ジュリーはトフラニルを四錠、一五〇ccのスコッチで流しこんだ。体が震える。

「ぶるるるる！」息を吐きだした。

テーブルに放りだしてあった黄色いスエードのバッグを取りに行く。写真が下に滑りこんでいた。ジュリーは眺めた。なんて美しい写真……。迷宮。われを忘れるための家。写真をひっくり返す。裏にはフェルトペンの書きこみがあった。「モールの塔。オリエルグ郡。フランス中央山塊。１９６７年……」ジュリーは写真をバッグに突っこんだ。歯ががちがち鳴っている。新しい環境に適合するための不可避の発作だ。落ち着くこと。ロザンフェルド博士に手紙を書こう。ジュリーは目でタイプライターを探した。見えない。手で触れることもできない。そいつで何をしようとしたのかも思いだせない。ちくしょう！　ジュリーは扉に向かって進んだ。散歩に行こう。

10

ジュリーとペテールがリュクサンブール公園に着いたのは、午前一〇時だった。

ジュリーの怒りは頭のなかでゆっくりと固まっていった。

「ここに来るのは初めてだ」とペテール。

「来たことがあるはずよ」

「ない。一度も。マルセルはいつもブローニュの森に連れてってくれた」

ペテールは光沢のあるジーンズのポケットに手を入れ、猫背で歩きながら、砂利を敷いた小道を眺め、何度も砂利を蹴った。小柄な老人が激怒しているようだ。

「何すんの？」ペテールが尋ねる。

「散歩して、おしゃべりするの」

「やだよ！」

ジュリーはため息をついた。

「わたしのことが気に入らないのね」

「マルセルのほうが良かった」

「遊び場があるわよ。そこに連れていってあげる」

公園の西に向かう。テニスコート、ペタンク[4]の競技場、子供用の遊び場、メリーゴーランド、人形芝居の小屋があった。ジュリーとペテールは、学生や、母親や、小さな老人たちとすれ違った。ジュリーは、空気と色と音に幻惑されて、瞼《まぶた》と鼻孔を大きく開いた。

「いろいろなところに連れていってあげるわ」ジュリーはとりなすようにいった。

ペテールはどうでもいい様子だった。面白くもなさそうにメリーゴーランドに乗り、ジュリーに革のベルトを締めさせた。大きな木製のライオンに跨って回転を待ち、放心したようにライオンの牙をいじっている。機械がごとりと動きはじめた。ペテールは中空を眺めている。

「うんざりだわ」ジュリーはつぶやいた。

近くのベンチに座る。タクシーに乗りこむ前に、「ヴォーグ」を買ってあった。雑誌をぱらぱらとめくる。長身のゴージャスな女たちが信じがたい衣裳をまとって漂っている。なんという目！　髪！　顎！　脚！　爪先！　モデルになれたらなあ、とジュリーは考えた。「ヴォーグ」の各ページには湯水のごとく金が使われている。ジュリーはクリネックスで鼻をかんだ。

「おい」近くから声がした。

ジュリーはびくりとして、組んだ脚をほどいた。ジュリーのほうに屈みこんできた若い男を高飛車に見返してやった。男は鼻筋が通り、青い目で、もじゃもじゃの茶色の髪、手に新聞の「ル・モンド」を持って微笑んでいた。いつまでも学生を続けているようなタイプで、ジーンズに船員風の青いピーコートを着て、ズック靴を履いている。それで男の近づく音が聞こえなかったのだ。男はベンチの背にもたれかかり、ジュリーのほうに顔を傾けている。

「大声を上げないほうがいいぞ。これを見ろ」

男はたたんだ新聞を広げて見せた。新聞のあいだからMABのC型自動拳銃が覗いている。

「おもちゃでしょ!」ジュリーはいい返した。

---

4 鉄球を投げて転がし、標的の球に近づけて競うゲーム。フランスの国民的娯楽のひとつ。

「なわけないだろ。馬鹿なまねはするな。がきを預かりに来た。まわりにはもうふたり拳銃を持ったやつがいる。ふざけたことをすれば、殺す。流れ弾が出れば、食らうのはその辺の年寄りどもだ。おとなしくしていろ」

「本気みたいね」

「本気だ。これは誘拐なんだ。木馬の回転が止まったら、すぐにペテール・アルトグに声をかけろ。ぐずぐずするなよ」

ジュリーは痛いほど首を伸ばして周囲をうかがった。見えたのは呑気そうに散歩する人びとだけだった。

「つまらんまねはするな」茶色の髪の若い男は辛抱づよく繰り返した。「なんの得にもならないぞ。痛い目にあわせるつもりはない。あんたはすぐに手紙を持たせて解放してやる。アルトグは金を払う。子供も戻る。みんなが満足するってわけだ。ほら、木馬が止まるぞ。早くしろ。考える必要はない」

男の上唇に汗が滴り、光っている。チックで瞼の縁が小刻みに引きつった。

「いらつかないで」とジュリーがいった。「いうことは聞くから」

メリーゴーランドが止まろうとしている。

「ペテール！」ジュリーは呼んだ。「ペテール！　こっちにおいで！」

子供は首を振って、ライオンにしがみついた。

「わたしのいうことを聞かないのよ」ジュリーは弁解した。「呼びに行きましょう」

「分かった」

ジュリーが立ちあがると、男が腕を摑んだ。ふたりは木馬をとり巻く円形の鉄柵のなかに入った。

「乗ってたいんだよう！」ペテールは大声で訴えた。

「ごちゃごちゃいわないの」

ジュリーは革のベルトを外す。子供はしぶしぶ降りた。

「みんなで一緒に散歩しようや」と茶色の髪の男がいう。「おれの名前はビビ。マンガのビビ・フリコタンと同じだ。憶えやすいだろ」

「ビビ・フリコタンって何？」

「じゃあ、歩きながら教えてやるよ」

「いやだよ！　どこへ行くの？」

ビビはペテールの手を取り、ジュリーに子供の前を行かせた。真っ直ぐヴァヴァン方面の出口に向かう。鉄の門を出ようとしたところで、青いルノー16が歩道に横づけになった。ビビは後部ドアを開き、自分が先に乗り、続いてペテールを車内に引っぱりこんだ。ジュリーはほんの一瞬ためらったが、背後から押されるのを感じたときには、車に乗りこんでいた。そのあと別のだれかが車に乗り、扉をばたんと閉めた。それは今朝テレビを配達しに来た金髪の大男だった。

「あなた……あなたは……」ジュリーは口ごもった。

ジュリーの体は半分床にずり落ちていた。金髪の大男が腕を摑んで座席に引きあげる。大男の青い丸い目にはほとんど睫毛《まつげ》がなかった。ルノー16は公園に沿って走っている。左に曲がり、小さな通りをいくつか抜け、ラスパイユ大通りに出て、ダンフェール＝ロシュローに向かう。恐怖感が募り、ジュリーの下腹がごろごろと鳴った。胃が痙攣して、ジュリーは体をふたつに折った。ビビと金髪の大男は煙草に火をつけた。

「お願い、一本ちょうだい」ジュリーは小さな声でいった。

ビビがすでに火のついた煙草を手渡した。フィルター付きのクレイヴンだ。キャラメルの匂いが車内に立ちこめる。金髪の大男がガラス窓を開けた。

「閉めとけ！」運転手が振りむきもせずにいう。

大男は従った。ジュリーの位置からは、運転手のチロリアン風の緑の帽子と、その下の剃りあげて赤らんだ首筋しか見えなかった。

「うまくいきっこないわ」ジュリーは口を挟んだ。「降ろしてよ。まだ間にあうから」

「黙ってろ！」

ペテールは不安そうにジュリーを眺めている。口を出そうとはしない。泣くまいとするが、目に涙がたまっている。混じりっけなしの恐怖から滲んだ涙だ。

ルノー16はベルフォール作のライオン像を通りすぎ、ポルト・ドルレアンに向かった。ジェネラル＝ルクレール通りは渋滞していた。車は立往生し、そのうえ六、七か所の信号で止められた。交通警官たちの姿が見える。ビビと金髪の大男はたえず周囲に目を配っている。ビビは腿に拳銃を乗せ、その上に手を置いていた。運転手がカーラジオをつけると、ジャズ、インドの笛の音楽、ウインナ・ワルツが聞こえてきた。

ルノー16はポルト・ドルレアンを越え、南に下る高速道路の入口を過ぎ、トンネルをくぐって、ふたたび外に出た。車は加速し、一二〇キロまで上げた。

「ネネス、あまり飛ばすなよ」と金髪の大男が忠告する。

「仕事は任せておけ！」

「どっかの馬鹿が突っこんでくるかもしれないだろう」

「こっちは大丈夫なんだよ。いいから、黙って運転させてくれ」

「いいか」ビビがジュリーにやさしくいった。「料金所ではおとなしくしてるんだぞ。さもないと、痛い目にあうのは、がきだからな」

「もちろん、分かってるわよ」とジュリーは答えた。「落ち着いてちょうだい」

ジュリーは口を開いて呼吸していた。いまはなんとか静かにしていられる。だが自分が見聞きしているものを現実だと信じることができなかった。

11

家はかろうじて家と呼べる代物だった。小さな谷の奥の、大きな松の木に囲まれた砂地の上の山小屋みたいなものだ。外の壁はニスを塗った丸太積みだった。だが、内側の主なひと間の壁は、エナメル塗りの滑らかな板を張りめぐらしてある。その一角に台所があった。別の一角には、床上一〇センチから天井の下一〇センチまでを覆う仕切りがあって、その向こうがシャワーと化学処理式トイレのある狭苦しい小部屋になっていた。

谷の両斜面はヒースと砂岩の塊に覆われており、松と樺の木が密生している。斜面は険しい。パリから一〇〇キロも離れていないのに、ここはめったに人の近づかない山奥だ。

谷のいちばん低い場所は、幅五〇メートル、長さ一〇〇メートルほどだった。南は行きどまりで、北は峠のようになっており、そこから、砂地の細道が延びている。細道の両側からは、繁茂する樺の木が迫りだしている。殺し屋のトンプソンは山小屋の外の階段に腰かけ、砂地の細道の始まりを見張っていた。

トンプソンは五〇歳ほどの英国人らしい外見の男だった。日に焼けた褐色の顔は、カクテル・パーティで出るソーセージみたいな形だ。髪の毛は、頭皮に藁の切れ端を不器用に貼りつけたようだし、密生したちょび髭も同様だった。目の色は青。膝の上に、ウェザビーの銃床を九本の枘《ほぞ》で装着したザウエルのカービン銃を置いている。タバコ色のスポーティな上下の揃いと、薄茶色のタートルネックを着ている。近づいてくるエンジンの音に耳を傾けていた。

ルノー16が細道から現れ、一瞬砂の上でスリップし、それから松の葉で覆われた谷の地面に入ってスピードを上げた。木の茂みに囲まれた山小屋の前で停車する。前と後ろのドアが開き、なかから人が降りてきた。

「フエンテスはどこなの？」

「フエンテスって誰だ？」

「この女はそいつのことばかりいってるんだ」ビビが説明する。「おれたちがそのフエンテスって男の使いだと思いこんでるのさ」

「違う。まったくの見当違いだ。誓ってもいい」トンプソンがそういいながら立ちあがってきた。

トンプソンはかなり長身で、そのためか動きがぎくしゃくして見える。ジュリーは周囲を眺めわたした。ルノー16はヌムールの出口で高速道路を降りたのち、何度も角を曲がり、山道と森のなかの道を通りぬけてここまで来た。ジュリーは完全に方向感覚を失っていた。

「さあ、入ってくれ。子供も一緒に」とトンプソンが促す。

「おじさんたち、ギャングなの！」ペテールが大声を出す。

「べつに否定はしないよ」

山小屋に入った。窓が四つと、簡単な二段ベッドがふたつ、計四人分のベッドがある。部屋の真ん中には、テーブルがひとつ、折り畳み式のスツールが数脚置かれている。

「座りたまえ」トンプソンが命じる。「コーヒーを淹《い》れておいた。おちびさんも喉が渇いているだろう。水を一杯飲むといい」

「手紙と一緒にわたしを解放してくれるはずだったわね」ジュリーがいった。

トンプソンはうすく笑った。

「手短にいえばそうだ、という話だ。待ってもらう必要がある」

「どのくらい」

「そのうち分かるさ」

「それ何？　ライフル？」とペテールが尋ねる。「ウインチェスターかな？」

トンプソンは答えず、銃を簡易ベッドに置きに行った。それから、隅の台所からコーヒーメーカーと琺瑯《ほうろう》びきのコップを数個持ってきた。みんなテーブルに着いた。

金髪の大男だけが扉の脇に立ったままで、腕組みをしている。酒場の用心棒のような感じだ。豚のように小さく丸い目はいかにも愚鈍そうだった。ルノー16の運転手もこの大男に瓜ふたつだ。同じピンク色の豚の顔に、同じように肉に埋もれた同じ小さな目。運転手のほうはテーブルに着いて、帽子をかぶったままだった。

「わたしをここに閉じこめるつもりね」ジュリーが口を開いた。

だれも答えない。トンプソンは順にコーヒーを注いでまわる。砂糖を取りに行き、ペテールには水の入ったコップを出した。

「礼儀正しい悪党ってわけね」とジュリーがいった。

「口を出すんじゃねえ!」運転手が怒鳴る。

「いらいらしても仕方がないさ」とトンプソン。「この女性のいうことはもっともだ。だが、礼儀正しい悪党よりましな人間ってなんだ? 甲斐性のない連中か? いやはや」

「わたし、歌を知ってるわよ」ジュリーが口を挟んだ。「狼だけの世界では……とかなんとかいうやつよ」

トンプソンはスツールに座り、テーブルに腕を乗せた。

「確かにそのとおりだな」ともっともらしい口調で応じる。「狼だけの世界では、ってわけだ」

　そのときジュリーがトンプソンの顔に焼けるようなコーヒーを浴びせ、扉に突進した。ペテールもそれに続いた。金髪の大男がジュリーの顎に左フックを見舞い、彼女は転倒した。ペテールがわめきだし、カービン銃に飛びつこうとする。脇を擦りぬけようとした瞬間、トンプソンは椅子から立ちあがりもせずに、ペテールの髪の毛を捕まえた。

「動くんじゃない。さもないと痛い目にあわせるぞ」

　トンプソンは子供の赤毛を鷲摑みにして、ねじりあげていた。顔からコーヒーが滴っている。左手で白いハンカチを出し、顔を拭った。

　一方、ビビと運転手はジュリーの腕を捕まえていた。ふたりは彼女をトイレの仕切り壁まで引きずっていき、壁に寄りかからせた。金髪の大男は不満げに唸り、ジュリーの下腹を殴りつけた。彼女は悲鳴をあげる。

「やめろ！」トンプソンが叫んだ。「傷つけるんじゃない。痕が残っちゃまずい」

「この女に思い知らせてやるんだ！」大男の怒りは収まらない。

「すぐに思い知るよ。ほら、あんた、ちょっと見てみろ」トンプソンはジュリーにいった。

ジュリーは男ふたりに摑まれて両側から強く引っぱられ、苦痛に体を震わせた。両膝を曲げて下腹に引き寄せようとしたが、できなかった。しゃがれた声で切れ目なく呻き声を発している。トンプソンはペテールの髪を摑んだまま、宙に持ちあげた。

「おい、見てみろ、ほら」

子供は手足をばたつかせ、悲鳴を上げる。全身の力をこめて泣きはじめた。

「やめて！」ジュリーが懇願する。

顔を正面に向けるのも苦しい。髪が顔の前に垂れている。

「分かったか?」

「やめて！　お願いだから！」

「分かったのか?」

「分かったわよ！」

トンプソンはペテールを床に下ろしたが、手は放さない。

「もっと酷いこともできる」と念を押した。「これからは、いい子にしてることだ」

ジュリーも解放された。ペテールに駆けより、腕に抱きしめる。トンプソンは手を放し、子供をジュリーに任せた。顔を真っ赤にしたペテールは、肺の空気を絞りだして泣きわめき、よだれを垂らしていた。トンプソンは汗で濡れた手をハンカチで拭いた。

「暴力は大嫌いなんだ」と真面目にいった。

12

運転手のネネスが、一日に二度の食事を作る係だった。昼は香草を添えたステーキ、そのあとにチーズが出た。夜はいわしのフライ。ギャングたちはコルビエールのワインを一〇リットルほど持参していた。だが飲みすぎはしない。トンプソンは水だけだ。食事の前には黒いカプセルを二錠飲んでいた。

昼食のとき、ジュリーは何度もワインをお代わりし、まもなくトンプソンは頼まれなくても注ぐようになった。彼女のグラスが空になりそうになると、気前よくついでくれる。

小さなトランジスタラジオが床の上で鳴っている。ニュース番組には、ペテールの話も、ジュリーの話も出なかった。

ジュリーがうとうとして頭を前に垂れはじめた。トンプソンは食器を下げ、紙の皿をビニール袋に放りこんだ。ジュリーは簡易ベッドに体を横たえた。頭と下腹に痛みがある。だが、名前当てゲームをしてなんとか子供をなだめようとした。ゲームをするペテールの声はひびわれ、目は充血している。ジュリーに体をくっつけて横になった。

「あの人にコーヒーをひっかけたとき、ぼくと一緒に逃げようと思ったの？　それとも置いていこうと思ったの？」

ジュリーは首を振った。

「分からない」

ペテールは彼女に強く体を押しつけた。

「マルセルより好きだ」とペテールはささやいた。

金髪の大男は、散歩でもするような足取りでさきほど山小屋から出ていった。まわりを巡回するか、高い場所で見張りに立つのだろう、とジュリーは思った。谷の左斜面の天辺は、木立ちの上に荒れた岩が突きでているので、待ち伏せしたり、遠くを見張るのに適している。

ネネスとビビは山小屋の外の階段にいて、サイコロでフィフティをしている。ゲームに夢中になることもなく、小声で点を数える声が聞こえている。

トンプソンは簡易ベッドで壁ぞいに寝て、壁と体のあいだにカービン銃を置いている。天井を眺め、腹の上で手を組み、ひそかに小さなげっぷを何度もしている。

胃潰瘍だ、たぶん。

「いったい何を待っているの？」とうとうジュリーが訊いた。

トンプソンは二段ベッドの端に座りなおし、そこから長く細い脚をだらりと垂らした。頭を天井にぶつけないよう背を丸めている。目が赤い。ジャケットとシャツの襟にコーヒーの染みが見える。

「そうだな、君に署名してもらいたい手紙がある」

「手紙？」

トンプソンは大儀そうに床に下りてきた。体を屈めて、下段のベッドの下を探り、くたびれた革の書類入れを出して引っかきまわした。タイプした手紙を一通取りだし、テーブルに来て、広げる。

「こっちに来て、名前を書いてくれ」

「読んでからよ！」

「お好きなように」

ジュリーはテーブルに向かって座った。手紙はアルトグ宛てだった。タイプの打ち間違いがいくつかある。読んだ。


「拝啓。この手紙を書くのは、ペテール坊やがわたしと一緒にいることを伝えるためです。突然、ペテールを連れていこうという考えがひらめき、自分でもどうにもなりませんでした。いまは落ち着きを取りもどしたので、子供と一緒にお宅に帰ることは簡単だろうと思います。というか、簡単すぎます。ようやく分かりました。わたしは、あなたがた、あなたとあなたの同類どもがわたしに加えた、あらゆる屈辱が我慢できなかったのです。ろくでなしども!!! 金持ちなんてくたばれ!!! わたしだって、あなたと同じように、生活を楽しむ権利があります。お金が欲しいのです。警察に知らせたら、ペテールを縄で吊るします。それとも、あのちっちゃい体をわたしのナイフでずたずたに切り刻んでやろうか。わたしのいうとおりにしたほうがいいですよ。他人にはひと言も洩らさず、次の手紙を待つこと。金の受け渡しかたを教えるから。小額紙幣で一〇〇万フランを用意しなさい。いうとおりにすれば、ペテールのことはなんの心配もいりません」

ジュリーはトンプソンを見た。彼女の爪はテーブルの木に喰いこんでいた。口の端が神経質にひきつれて下がり、死神のように歪んだ笑いから歯が覗いている。

「べつに気にするほどのことじゃないさ」といいながら、トンプソンは銃を置いた簡易ベッドのほうへあとずさった。「最後には無実だって分かるんだから」

「この手紙は何?」ジュリーは一音一音を区切って発音した。「この手紙は何なの?」

「たしかに、いかれた女の手紙だよ。おれたちはあんたの病歴を知っている。だから、アルトグを本当にびびらせてやることが肝心なんだ。分かるだろ。それとも、あんたはほんとに頭がおかしいのか?」

「ワインをもう一杯、たっぷりちょうだい」

トンプソンはうなずいた。カービン銃を脇に抱え、隅の台所に行って、琺瑯びきのコップにワインを注いだ。ジュリーに差しだす。ジュリーは飲みほした。

「こんなものにサインすると思ってるの？」

トンプソンは、ペテールのそばの簡易ベッドに置かれたジュリーのバッグを開けた。ちょっとなかを探り、ボールペンを取りだす。

「するほかないだろ」トンプソンはいった。「また子供の髪の毛を引っぱってほしいのか。それとも耳をちょん切るか、指を折るか」

「考えさせてくれる？」

「考えても何も変わらないよ。残念だな。サインしろ」

ジュリーは、トンプソンが差しだしているボールペンを受けとった。

「タイプライターで打ったのね」ジュリーは手紙を見た。「今朝、あのでかい馬鹿男がわたしから盗んだヘルメスで、あなたがこれを打ったのね」

「そうだ」とトンプソンは答えた。「そのほうがますます本当らしく見えるだろ」

ジュリーはサインした。

13

夕食のあいだ、ギャングたちはラジオで「ユーロップ・ソワール」を聞いていた。相変わらずふたりについてはなんのニュースも報道されない。食事が終わると、ネネスは手紙を持ってルノー16で出発した。ジュリーとペテールは寝るように命じられた。トンプソンもまた、部屋の反対側で服を脱がずに横になった。夜はとっぷり暮れようとしている。ビビは天井から下がったブタンガスの明りを消していった。

「俺が最初の見張りをやる」

金髪の大男は同意のしるしに何やら口のなかでつぶやいた。

「俺もお前と一緒に外に出るよ。煙草を一、二本吸いたいんだ」

「ココ、あんまり夜更かしするな」とトンプソンが声をかける。「一時に起きて二番目の見張りをしなくちゃならんからな」

金髪の大男はふたたび口のなかで何かつぶやき、ビビのあとに付いて山小屋を出た。鎧戸のない窓ごしに、ジュリーはふたりが巡回しはじめる姿を見た。ふたつの影が互いに顔を寄せあった。マッチの炎が輝き、それから消えた。

ジュリーは気を楽にしようと努めた。ワインはたっぷり飲んだが、体も心も強《こわ》ばっている。抗うつ剤が切れてきたのが分かる。手のひらを上に向け、体に沿って腕を伸ばした。

「ジュリー！」ペテールが下段のベッドから息をひそめて呼びかけた。「寝てる？」

「いいえ」

「ぼくも」

「寝なさい。何か楽しいことを考えるのよ。お花のこととか」

「むりだよ」

「静かにしてくれ！」トンプソンが声を荒らげた。

ジュリーとペテールは黙りこんだ。まもなく、疲労と興奮に屈して、子供は眠りに落ちた。しかし、ジュリーはだめだった。目を覚ましたままでいると、金髪の大男が山小屋に戻ってきて、靴底で煙草をもみ消し、手探りでトンプソンのベッドの下の段に行き、横になった。そして、ジュリーが相変わらず眠れずにいると、車のヘッドライトが一瞬、谷を照らし、松の木の幹を浮き彫りにして、消えた。ポジションランプだけを点したルノー16は、木の下に停車した。闇のなかで、ジュリーは腕時計の時刻を読みとることができなかった。外ではビビとネネスが小声で言葉を交わし、笑った。しばらく一緒に煙草をふかし、それからルノー16の車内灯がついた。車のなかでネネスが座席に毛布を敷くのが見えた。それからネネスは座席に寝転がり、灯を消した。

ジュリーはひと晩じゅう眠れなかった。見張りの交替の音を聞き、ペテールが夢のなかで呻く声を聞き、トンプソンが立ちあがって便所へ行き、そこに長いことととどまり、何度も呻き声を上げるのを聞いた。

トンプソンは見張りに立たなかった。夜明けごろ、金髪の大男が、ルノー16のなかで寝ているネネスを起こした。ジュリーが腕時計の文字盤をかろうじて見分けられるくらい明るくなっていた。午前五時だ。風景は驚くほど美しかった。窓ガラスの向こうで、谷の斜面が、血のように赤い空を背景にくっきりと浮かびあがっている。砂岩の堆積した岩山と木々の高い影は、化石になった怪物のように見えた。谷の底が青くなり、やがて黄色くなった。ジュリーの耳に、ふたりの男の話しあう声が届いた。外からだ。

「この時間になるともう眠れない。俺は怖いんだ」

「コーヒーを淹れてきてくれるか?」

「トンプソンを起こしちまうぞ」

「だからどうした?」

「あいつが気分を悪くするだろう」

「だから?　気にするのか?　外に出てケツが凍りそうになってるのはあいつじゃない」

「お前が行けよ」

ひとときの沈黙。

「いや、もういいや。とくにコーヒーが飲みたいってわけじゃないからな。そうだ、車のなかに景気づけにいいものがあった」

ひとしきり物音が聞こえ、夜明けの目もくらむような黄色い光のなかで動く人影がジュリーには見えた。車のドアがきしみ、音を立てて閉じられた。

「ひええ!　こいつは効くな!」

「体があったまる」

「もうひと口よこせ」

ジュリーは首を曲げて、まだ灰色のざらざらした薄闇が垂れこめる部屋の反対側に目をやった。トンプソンと目が合った。じっと動かず、体に沿って腕を伸ばし、そばにカービン銃を置いている。トンプソンもひと晩じゅう眠らなかったにちがいない、とジュリーは思った。

ペテールは六時一五分の光で目を覚まし、すぐに立ちあがって、ジュリーがいるかどうか確かめた。ジュリーはペテールを引きよせ、胸につよく抱きしめた。

「マルセルより好きだ」とふたたびペテールはいった。

トンプソンはベッドから降りて、コーヒーを淹れに行った。その音でビビが目を覚まし、ぶつぶついいながらベッドの端に座りなおした。強面の兄弟が山小屋のなかに戻ってきた。眠気のまじった生彩のない声でとりとめのない会話が交わされる。二日目の始まりだ。

トンプソンがコーヒーと紙皿に盛ったいんげん豆を出した。ジュリーは最初は吐き気がしたが、しだいに体が温まってきた。ペテールはいんげん豆もコーヒーもいらないといった。トンプソンは水を一杯あたえた。

「もういやだ」ペテールは駄々をこねた。「うちに帰りたい、帰らせてよ、なんでこんなことするの？」

地団太を踏み、泣きはじめた。いつまでもひどく泣きつづける。最後には涙が涸《か》れ、涙が乾いても、しゃくり上げる声はやまなかった。

「なんでこんなことするんだよう?」

「いい加減に、黙れ!」ネネスが怒声をあげる。

「そのとおりだ」トンプソンがジュリーにいった。「子供を黙らせてくれ。しまいには、俺たちでも頭にくるぞ」

14

午後一時をすこし回り、全員でテーブルに着いて豚のローストを食べているとき、ラジオがペテールとジュリーの話を始めた。

「これはおそらく新たな誘拐事件の始まりと見られます」ふたつの短いCMに挟まれて、司会者が真剣な口調でいった。「ええ、ジャック・パオリ、あなたのいうとおりでしょう」ともうひとりのアナウンサーが応じる。要約すると、実業家ミシェル・ジェラール・アルトグの七歳の甥《おい》であるペテール・アルトグが、水曜日の午前中に子守りの女性と外出し、結局、アルトグ邸に戻らなかった。子守りの女性も同時に姿を消しており、警察の捜査では誘拐の可能性を否定できない。しかも、その女性はつい最近、某療養所を退院したばかりだった、等々……。その点に関してジャック・パオリは、「明確な判断を下すにはまだ時期尚早でしょう」と答えた。「したがって、これからも事件の推移を見守る必要があります。それでは次の話題に移りましょう。でもその前にコマーシャル」

トンプソンはラジオを消した。

「食事を終えよう」

そしてジュリーにワインを注ぎ、弱々しい笑いを向けた。突然、トンプソンはむかつきを覚えたらしく、口に手を当て、便所のある一角に急いだ。強烈な吐き気に襲われていた。ジュリーは食卓の仲間を見まわした。

「警察が動きだしたわよ。わたしたちを解放したほうがいいわ。知ってるでしょ、うまくいったためしがないのよ、誘拐なんて」

「うるさい！」ネネスが怒鳴りつける。

トンプソンが戻ってきた。顔は汗まみれで、紙粘土のような色だ。茶色い革の書類入れから金属のケースを出し、黒い顆粒剤《かりゅうざい》をスプーンで数杯、口に放りこんだ。ベッドの端に腰かけて口を動かしはじめる。

ジュリーは気を落ち着けるためにグラスのワインを飲みほした。すぐに、何か入っているると気づいた。

「睡眠薬を入れたわね？」

舌に苦い味が残っている。

「ただの鎮静剤だ」トンプソンが答えた。「私は仲間と話しあいたいことがある。君に聞かれないところでだ。だが、君をひとりで山小屋に残すわけにはいかない。ここにはいろいろと使える品物がたくさんあるからな。数メートルだって離れるのは危険だ。だが、心配しなくていい。ひどく眠くなるが、それだけだから」

トンプソンは立ちあがった。唇が顆粒剤で黒く染まっている。

「まだ頭がしっかりしているうちに、ひと言書いてもらいたい」

ジュリーは体が溶けていくように感じた。何を飲まされたのか聞かなくちゃ、薬の名前、とぼんやりした意識のなかで思った。力が抜ける、なんてすごい効き目なんだろう！　あくびが出る。指の先がかゆい。トンプソンが彼女の前に白い紙を置き、手にボールペンを握らせた。

「さあ、早く書いてくれ、紙の真ん中に」

ジュリーの手を紙の上に導く。

「『前にも警告したとおり……』と書くんだ」

ジュリーは書いた。目の隅に、テーブルにぐったりと伏すペテールの姿が映った。

「ペテール！　あの子に何をしたの？」

「寝てるだけだ。いま書いた文句を線で消してくれ」

「何？　なんで？　線で消す？　なんで？」

「いいから！　消すんだ！　それで、その下に『うんざりした、何もかもいやになった』と書くんだ」

ジュリーは「うんざり、何もかもいや」と書いた。

「それでいい」

トンプソンの声が遠ざかる。耳に水が入った感じだ。テーブルにしがみつき、唾液が糸を引いて手の上に落ちるのを眺める。

「かたつむりのねばねばみたい」とジュリー。

体が持ちあげられ、外に運ばれる。

「ペテール……」

「落ち着いて。静かにしているんだ」

「はい、先生」

四人の男はジュリーとペテールをルノー16のトランクのなかに寝かせ、鍵をかけた。それから山小屋に戻り、彼らがそこにいた痕跡をすべて消しさった。鎧戸も閉めた。ネネスがごみ袋を車に運びこみ、右の前部座席の下に置いた。トンプソンがカービン銃とジュリーのハンドバッグを持ってあとに続く。銃を分解する。内部が深紅のビロード張りになった黄褐色の革のアタッシェケースに、ばらばらにした銃の部品を収納する。その動作をしばしば中断し、胃の痙攣のせいで体を深く屈めた。ようやく、ハンドルを握っているネネスの右隣に座る。ビビと金髪の大男はすでに山小屋を引きあげる支度を終え、すぐにネネスとトンプソンのあとから後ろの座席に座った。四人の男は大汗をかいていた。

「あと少しで仕事は終わる」トンプソンがいう。

「いまがいちばんやばいときだけど」ビビが答えた。

トンプソンはドアを閉める。

「分かってるさ」

「連中はちゃんと意識を失っているかな」

「あの薬を飲めば牛でもいちころだ」

「あの女はほかにもずいぶん薬を飲んでいたから、耐性ができてるんじゃないかな。いざとなったら目を開けて、俺たちの仕事を見られるなんてのはまずいよ」

「眠っている。保証する」

ジュリーはトランクのなかに仰向けに横たわり、意志の力を失いながらも、目を開けて上方を眺め、男たちの話も聞こえていた。

ネネスはじっくりとエンジンを暖めた。それからルノー16は動きだし、山の細道を抜けて、谷を出た。舗装されない道を数キロも走り、ヒースに覆われ、松と樺の木が点在する砂地の荒野を通りすぎた。ようやく狭くてひと気のない県道に入り、スピードを上げた。

「ネネス、ゆっくりやれよ」

「仕事のやりかたは分かってるさ」

「ここで降ろしてくれ」突然、トンプソンがいった。

ネネスはブレーキを踏んだ。

「ここで？　ヌムールまではまだずいぶん距離があるぞ」

「六キロだ。外のいい空気を吸いたいんだ」

「俺たちとのドライブを途中で切りあげたいってことかな？」

「計画では最後まで乗るつもりだった」とトンプソンは答えた。「だが、こんな調子のドライブだとは思わなかったからな」

「冗談ですよね、ムッシュー・トンプソン」金髪の大男が口を挟む。

トンプソンはドアを開け、降りる。

「夕方に『ブラゾン・デュ・ロワ』で会おう。午後四時からバーにいる」

カービン銃の入った黄褐色のアタッシェケースを摑み、ドアを閉める。

「じゃあ、またあとで」と下がったガラス窓ごしに告げる。

大股で歩きはじめる。車は出発した。

「冗談だよな」と大男は考えを変えなかった。

「トンプソンは大物だ」ネネスが答える。「あいつみたいな男はふたりといない。いずれにしても、フランスにはひとりもいない」

「でも、調子はよくなさそうだったよな」大男は口のなかでつぶやいた。

ふたたびルノー16が減速する。がたんと揺れる。木の枝が車の側面を打ちつける。公道から降りて、両側の迫った細道を通り、ヒースがはびこる狭い土地を越えなければならなかった。ジュリーもトランクのなかで揺れた。自分のそばでペテールの深い呼吸音が聞こえるのを意識していた。巻いたロープの上に寝かされているらしく、背中が痛かった。

車が停まる。

「着いた」とネネス。「ここだ」

沈黙が広がる。

「だれがやる?」うわずった声でビビが訊く。

「三人でやるんだよ、決まってるだろうが!」

「吐き気がするよ。子供を……」

「俺だって同じだ」金髪の大男が同意する。「ゲロを吐きそうな気分だ。ネネス、なんでもないなら、お前がやれよ」

「こうしようじゃないか」と運転手が応じた。「サイコロで決めよう。早く済む。最初に一の目を出したやつがやる。いいか？」

「それならいいよ」

ドアがばたばたと開く音がジュリーの耳に届いた。ネネスはポケットからサイコロを出す。手で道の埃を払った。乾いた地面にサイコロが撥ねる。

「五。次は誰だ？」

「よこせ」とビビ。

「一だ！」

「そりゃないよ」ビビが喰いさがる。「ココは投げてないじゃないか」

「約束は約束だ」ネネスが結論を下す。「おれと弟はちょっと横で煙草でもふかしてくる」

ネネスと大男のココは背を向け、木の幹と茂みのあいだを遠ざかっていく。ビビは車のトランクを開けに行く。ジュリーは目を閉じていた。睫毛《まつげ》のあいだから、太陽の光が痛いほど染みてくる。

ビビはジュリーをずだ袋のように押しのけ、トランクからロープを引っぱりだした。

二本ある。それぞれのロープの端に、結び目を滑らせて大きさを調節できる輪をこしらえた。それから、大きな丸い岩のあるところに向かう。岩のすぐ横に樺の木が立っている。場所は前もって決めてあった。ビビはするべきことを正確に心得ていた。岩によじ登り、身を屈めて、ロープを樺の木の股に引っかけて固定した。二本のロープの端の輪は木の幹に沿って垂れ、地面から二メートルほど上の場所にぶら下がっている。ビビは目のなかに入りこんでくる汗を拭った。岩から降りて、車に戻る。周囲を見まわした。木の幹は互いに重なるように生え、寄生樹がリボンのように絡みついているので、幹のあいだから兄弟の姿はもう見えなかった。

「おおい！」とビビは木々に向かって叫んだ。「女を岩の上に乗せるのくらい手伝ってくれよ！」

「いやなこった！」三〇メートルほど離れたところから、ネネスの呑気な声が答える。

「汚ねえやつらだ」ビビはまだ嫌悪感を捨てきれなかった。

頭をトランクに突っこみ、ジュリーの腰に腕を回して、不器用に持ちあげる。女の体はぐったりと重かった。ビビは乱暴に揺さぶってみて、自分の腕がしっかりと女の体に絡んでいることを確かめ、丸い岩まで運んだ。岩に女の体をもたせかけ、それから腰を摑んで、女を押しあげる。難しい仕事だが、なんとかやり遂げた。岩はゆるやかな斜面を形づくっている。たしかに首吊りには絶好の場所だ。

ビビは女の体を完全に押しあげ、自分も岩の上に這いあがった。あとは女の首にロープの輪を引っかけ、下に突きおとし、体をぶら下げるだけだ。女は岩にしがみつくことはできないだろう。簡単なことだ。最後に、「うんざり、何もかもいや」と殴り書きした手紙の切れ端を地面に捨てておく。

ビビは屈みこみ、もう一度女の体を持ちあげた。女のせわしない呼吸で生温かい息がビビの首にかかる。ビビの脚の筋肉がぴくぴくと引きつっている。犠牲者の体とビビの体が擦れあった。勃起するのを感じてビビは神経質なくすくす笑いを洩らした。

その間にジュリーは右手を動かした。ビビの胸をすばやく探る。ピーコートの内ポケットのMABを摑み、男の体に銃弾を撃ちこんだ。

15

九ミリの弾丸はビビの肋骨の下に入り、肝臓を破裂させ、尻から抜けた。男は悲鳴をあげながら後ろ向きにふっ飛ばされた。岩から転がり落ち、ヒースの茂みに仰向けに倒れこむ。ビビのあとからジュリーも飛びおり、ビビの体の上に四つん這いに乗った。ビビは痙攣し、何やら叫んでいる。ジュリーはつまずきながら、車に向かって走った。視界がぼんやりして、めまいがする。子供を胸に抱きしめ、眠らせたまま運んだ。寝ているのが見えたときには驚喜した。トランクでペテールが手を握りしめて

他方、呆然とした一瞬が過ぎると、ネネスとココの兄弟は茂みを抜けて闘牛のように突進した。車のそばにたどり着き、地べたに倒れたビビを発見した。木々のあいだに消えるジュリーが見えた。

「女がビビをやった！」ココが叫ぶ。

「ビビを見てろ」

ネネスがジュリーを追って駆けだした。女の姿はもう見えない。木の枝が目を叩く。木々を掻きわける音が聞こえてくる。せいぜい二〇メートルの距離だ。ネネスは走りながらスペイン製のルビーのリボルバーを抜きだした。反射運動だ。女を撃ち殺してはまずいことは分かっている。女と子供を捕まえるのが肝心だ。

ちょうどそのとき、女と子供が目に入った。ジュリーは子供を抱えて走っている。

よろめき、木々にぶつかっている。藪に入って女の姿が見えにくくなり、また消えた。ネネスは足どりを速めた。人影がふたたび現れ、止まった。逃げることなんかできやしない。ネネスがあざ笑った瞬間、胸郭をパイプで力いっぱい突かれるような痛みを感じ、ピストルの弾ける音を聞いた。手を突いて倒れ、リボルバーを失くした。

「ばかな!」ネネスは声を絞りだした。

ショック状態だ。手で体を探ってみる。脇腹に穴が開いている。横向きに寝転がった。弟の声が聞こえる。

「なんだよ、そんなところにいたのか! 何やってるんだ? 一〇分も兄貴を呼んでたんだぞ! 女はどこへ行った?」

「手を貸して、起きあがらせてくれ」ネネスは答えた。「あのくそ女が腹に弾をぶちこみやがった」

16

ジュリーは遠くにいた。息が切れている。遮《さえぎ》るもののない短い距離を駆けぬけるとき以外、もう走りはしない。木々の密度が薄くなり、代わって起伏のある砂地が現れ、岩山が点在し、高い松の木が見下ろすように立っている。窪地には大量のシダが密生している。人間のいた痕跡はまったく見られない。

歩きつづけるうちに、頭がはっきりしてきた。歯が鳴っている。横になって眠りたいという誘惑と戦わなければならなかった。ペテールは相変わらず腕のなかで意識を失っている。ジュリーは肩と膝の裏と足が痛かった。靴がこんな場所を歩くのに向いていないうえ、砂とヒースの木っ端がたくさん入り、足の指をちくちく刺した。チャコールグレイのパンストはずたずただ。午後の三時。日差しは強いが、雲が西から迫りだしている。ジュリーは太陽に向かって歩いた。太陽の位置を頼りに進むのだ。

子供を抱きながら、オートマチックの銃も手放さなかった。自分が男をふたりも撃ち倒したとは信じられない。そう考えてジュリーは大笑いした。ついに疲れきって、遠くまで見渡せる小高い丘の松の茂みの陰で立ちどまり、岩に背をもたせて、ひと休みした。ペテールの様子をうかがう。子供は砂地に仰向けに横になり、口を開けて眠っている。ゆさぶってみたが、反応はない。瞼をもちあげると、かすかに目が引きつった。眠りながら頭を振る。厳密には昏睡状態ではないが、引きもどすことのできないほど深い眠りに入っている。待つしかなかった。ジュリーは枯れ枝を手に取り、前の砂地に大きなハート型を描き、そのなかにこう書いた。「狂犬ジュリー、ここに生を終える」

さきほどから喉が渇いていた。だが、まもなくペテールを抱えて歩きはじめた。MABが砂地に残されていた。次に横切った荒れ地は砂地ほど不毛ではなかった。ふたたび樺の木が増えてくる。ついに木々が遮蔽幕のように密生する場所に入った。そこを越えると、木の少ない丘の頂に出た。足元には谷が開けている。谷底には灰色の家々からなる村落が見えた。村の真ん中を公道が通っている。ジュリーは下りはじめた。途中で、自分のひどい格好に気づき、岩の陰で止まって、破れたパンストを脱ぎ、髪を整えた。そのうちに雲が空を覆いはじめた。村に近づくと、家々の開いた窓からラジオの音が聞こえてくる。ヨーロッパクラブ選手権の行方を決するサッカー試合の実況中継を流している。ジュリーは家々の後ろにある菜園の端に到達した。金網のフェンスを乗りこえ、石ころだらけの小道を進み、村を貫いて走る一本だけの公道に出た。

ジュリーはみんなが駆けよってきて、手を差しのべたり、質問を浴びせかけてくるかとすこしは期待していた。だが、見かけた二、三人の歩行者は彼女にまったく注意を払わなかった。カフェのテーブルを囲む若者たちは、見知らぬ娘の脚を眺めた。そのうちのひとりが口笛を吹いた。ジュリーは姿勢を真っ直ぐに保って歩きつづけた。

小間物屋と煙草屋とキオスクを兼ねる店の前で足を止めた。琺瑯びきの陳列台がある。合板のパネルには「フランス・ソワール」紙が貼られ、ジュリーの写真が一面を飾っている。何年も前に撮られた映りの悪い古い写真だ。「ペテール坊やの子守の女性は精神病の治療を受けたばかりだった」。中くらいの活字でそう記され、その下にもっと小さい字で、「彼女は子供とともに姿を消した（三ページ参照）」と書かれている。

新聞を買うために店に入ることはしない。急いでその場を離れたが、突然足が止まった。五〇メートルほど先、村外れの道の向かい側に、フランス国憲兵隊の三色旗が浮かびあがったからだ。ためらっていると雨が降りだしてきた。建物に向かって走り、そこで雨を避け、頑健な官憲の手に身を任せれば、それで済むことだ。ジュリーは細い歩道の端で体の向きを変えた。激しい雨をついて車が近づいてくる。ジュリーは腕を上げ、親指を上に向けて突きだした。あら、と思った。ピストルを失くしちゃった。車は明るい青のプジョー２０４で、水しぶきを上げて停車した。ドライバーは四〇代の赤ら顔の男だった。

「乗りなさい。ピティヴィエかい？」

「ええ、そう」とジュリーは答えた。「ピティヴィエに行くんです」

17

大股で野外の自然のなかを歩き、新鮮な空気で肺を満たしてはいたが、相変わらず胃痙攣に襲われながら、トンプソンはヌムールに至る六キロをなんとか乗りきった。まずは、車を入れたガレージに行き、灰色のローヴァーを取ってきた。それからローヴァーを町の広場に停め、トランクから小さなスーツケースを出し、安ホテルで部屋を借り、一時間過ごした。念入りに髭を剃り、白いタートルネックに枯葉色のスポーティなスーツを着て、午後四時、「ブラゾン・デュ・ロワ」のバーに着いた。顔面は蒼白だった。胃痙攣がやまない。トンプソンの額は冷たい汗でびっしょりだった。腕時計を見る。もう犠牲者は吊るされている時刻だ。ふたつの体がロープの先で手足をばたつかせ、意識を失うさまを思いえがいた。口から垂れたふたりの舌は、黒くふくれあがり、猥褻だ。苦痛がすこし和らいだ。バーテンが心配そうにトンプソンのほうに顔を向けた。殺し屋は曖昧に手を振って、バーテンの頸を叩き折ってやりたい気分を抑えこんだ。カンパリを一杯注文し、大量のソーダ水で割った。ひと口飲みほすと、耐えがたい吐き気が突きあげてきた。トイレに駆けこみ、信じられない量の酸っぱい胃液を吐いた。バーに戻ると、バーテンがトンプソンを見つめた。

「病気ですか?」

トンプソンは唇を固く閉じ、首を振った。バーテンはそれ以上何もいわず、仕事に専念したが、じっと動かない客にときどき不審そうな目を向けた。トンプソンはもうグラスに手を出さなかった。

ココがバーに入ってきた。やれやれ、とトンプソンは思った。これですこしは楽になれる。あのふたりの死にざまの報告を聞けば、痛みも消えて、食事ができるだろう。金髪の大男の様子を見て、すぐに、何かうまく行かなかったことを悟った。

「急いで来てくれ」とココがいった。

トンプソンはスツールから降り、カウンターに五フラン硬貨を置いた。釣りは無視した。

外は大雨で、突然の嵐だった。ココとトンプソンはルノー16まで走った。走りながら、トンプソンは頭を後ろにのけ反らせ、口のなかに雨水を受けた。ふたりは車の前の座席に座った。ネネスが後部座席にいる。セルティックの紙巻煙草を口にくわえ、肩にレインコートを羽織っている。コートが古代ローマの寛衣のように奇妙に胸に垂れている。

「怪我か?」トンプソンはすぐに聞いた。「ビビはどこだ?」

「ビビは死んだ」ココが答える。「ネネスも一発ぶちこまれて、弾は脇腹から入って外に抜けた。心配はいらない。でも、女とがきは逃げた」

それでこんなに胃が痛んだのか!

「いったいぜんたい何が起こったんだ?」トンプソンは声を荒らげた。

「女だ。吊るそうとしたときに、女が目を覚ました。ビビが捕まえてたんだが、不意を突かれた。銃を女に奪われて、殺された」

「それで?」

「女とがきが逃げだした。ネネスと俺とで捕まえようとしたが、ネネスが俺に『ビビを見てろ』っていったんだ。そのすぐあとで銃声が聞こえた。茂みにさえぎられて何も見えなかった。だが、数分で兄貴のところに追いついた。それで、いまもいったとおり、女がネネスを撃ったんだ。女がどこに消えたか、もうぜんぜん分からなかった。探しはしたんだ、本当に。だが、女のほうが先に逃げていた」

「子供も目を覚ましていたのか？」

ココは困惑した様子だった。分厚い唇を舐めた。舌には泡が付着している。

「半分かな。完全にじゃない。女が逃げるとき、がきを引きずっていくような感じだった」

「どうしてそんなことになったのか理解できない」とトンプソン。「で、ビビはどうした？」

「すぐには死ななかった。しばらく待ってみたんだ。何かできることはあるかと思って。でも肝臓を貫通してたから、待っていてどうなるってものじゃない。ネネスが俺に『ウサギのときみたいに首を折ってやれ』っていったんだ。それから地面に埋めた」

「その場でか?」

「もちろん」

「馬鹿野郎!」トンプソンが苛立った。「女が現場に警察を連れてくれば、死体が見つかる。死体が見つかれば、女の話を信じるだろうが。なんて馬鹿だ!」

「ずらかろう」ネネスが割って入った。「それをいいに来たんだ。もう、手を引こう」

トンプソンの目が光り、髭が震えた。

「俺が命令してからだ!」息づかいが激しい。「お前たちは仕事を台なしにした。このツケは払ってもらうからな」

「貰った金は返せない」とココがいう。「悪いとは思うよ、ムッシュー・トンプソン。でも俺たちだって危険な目にあったんだ。仕事が失敗したのは、女がちゃんと眠っていなかったからだ」

「お前たちのせいだ」トンプソンは決めつけた。

後ろの座席のネネスがレインコートの下でわずかに腕を動かした。トンプソンはコートの布地ごしにリボルバーが自分に向けられているのに気づいた。雨が屋根の金属板を激しく叩いている。

「何を考えてるんだ?」トンプソンは軽蔑もあらわにいった。「ここで銃撃戦でも始めるつもりか?　お前たちには本当にがっかりしたよ。これからやるべきことをいうぞ」

「ムッシュー・トンプソン、無駄なこと……」

「黙れ!　お前は自分の家に帰るんだ。兄貴は傷の手当をしてもらえ。私は依頼主に連絡をとる。そして、すでに貰った前金を返す必要があるかどうか、お前たちに伝えてやる。期待しないほうがいい。失敗したんだからな」

「あんたもだ、トンプソン、期待しないほうがいい」ネネスが歯ぎしりするようにいった。「一度貰った金だからな」

「いまはそんなことを議論しても始まらない」トンプソンが遮った。「さあ別れよう。あとからお前たちの家に連絡を入れる。遅くとも明日の夕刻までにはな」

トンプソンは車を降りた。しばらく立ちどまり、服が雨に濡れるのもかまわず、体を屈めていた。それから急いでローヴァーまで駆けてゆき、出発した。

18

突然の嵐が過ぎたあと、激しい速さで東に流れる雲のあいだから、太陽は前よりいっそうつよく照りつけた。車道が輝いている。赤ら顔の男は運転しながら歌を口ずさんでいた。

「しかしよく寝てるね、この子。ほんとに驚きだよ！　ひと眠りなんてもんじゃないね！　まったく！　あんたのお子さん？」

「いいえ」ジュリーは言葉に訛りを加えた。「私の女主人の末っ子なんです」

「あんた、フランス人？」

「いいえ、イギリス人です」

「肌の色を見たときから、そうだろうと思ってたよ。ユリとバラの色ね、分かる？」

「ユリってなんですか？」

「白い花、清らかさと美しさのシンボルさ」

「そうですか！」

「ユリとバラの色。イギリス女性の美しい肌をいうための詩的な言葉だね」

「まあ！　よく分かります」

「フランスでは男たちがいい寄ってくるだろう、ねえ？」

「イギリスの男も私に同じします」

　ジュリーは頭のおかしい小娘のように文法を間違えて面白がっていた。自分にいい寄ってくる男たちを想像した。うまく騙してやろう。わたし、躁の時期に入ったわ、とジュリーは思った。

「だけどね」と赤ら顔のドライバーは続けた。「フランスの男をどう思う？　いい寄ってくるときのやりかたなんかが違うだろう？」

「分からない。荒っぽい人もいます」

「荒っぽい？　乱暴ってことかな？」

「いいえ。荒っぽい。いやらしいことをいうんです！」

　ドライバーは想像を掻きたてられたらしかった。

「ああ、そうだな、女の子がショートパンツなんかはいてると、それも仕方がないな。ロンドンから来たの？　学生さん？」

「オクスフォードです」ジュリーは答えた。「経済学を専攻しています」

「そいつは大したもんだ！」男は感嘆したように叫んだ。「私はセールスマンなんだ。経済学については色々と話してあげられることがあるよ。ピティヴィエまでしか行かないのかい？」

ジュリーは座席の上で脚を伸ばした。太腿の筋肉が動く。

「あなたはもっと遠くまで行くのですか？」

「ほんのちょっと停まって、客のひとりと会って、それからもっと先まで行くのさ。あんたはどの辺まで行くんだい？」

「南のほうに下るんですが」

「そいつはいい。私はジュリーのほうまで行って、それからブールジュだ。あんたの計画と合ってるんじゃないかな」

ジュリーは男を見た。細縞の入った青いスーツを着ている。四角ばった赤ら顔で、茶色い髪が額の上でカールしている。長方形の眼鏡の奥に小さい目、厚い唇をしていた。豚みたいな男だ。

「あなたは親切な人ね」

右手でドライバーの肩をやさしく叩き、手のひらを男の胸に置き、上着の生地に爪を当て、音を立てて滑らせた。男は赤大根のように顔を赤らめた。馬鹿みたいな笑いが唇に現れている。ジュリーは手を引っこめた。赤く上気し、汗をかいた男は、運転を続けながら、ジュリーにちらちらと流し目を投げてくる。男は女の真意が分からなかった。汗が光って、カールした髪のなかによだれのようにたまっている。

「ちょっと停めない？」ジュリーが尋ねた。

「停める？　ああ、停まるってこと？　いいとも、もちろん！　でもなぜ？」

「あそこ！」ジュリーは声を上げた。「あの土の道路！」指さした。プジョー２０４は急ブレーキをかけ、方向を変え、がたんと揺れて土の道路に突っこんだ。

「ここで停めて」

車は停車した。ドライバーはハンドブレーキを引いた。後部座席に眠るペテールをちらりと見やる。ジュリーはドアを開けた。

「ちょっと待っていて、お願い」

ジュリーは降りた。男はゆるんだ口元に笑いを浮かべ、どうしていいか分からない様子で、フロントガラスごしに女を見ている。女は木の垣根の向こうに消えた。おしっこするか、ペッサリーでもつけるんだろう、と男は思った。不安で体がひどく震えている。突然、ジュリーが姿を現した。変な格好に腕を振っている。

「ジャッキのハンドルを持ってきて！」と大声でいった。

男は自分の側のドアを開け、車の外に体を乗りだした。

「いったいどうしたんだい？」

「早く！　ハンドルよ！　ジャッキのハンドルを持ってきてよ！」

「でも、なんでだ？　しょうがねえなあ、畜生」と男は吐きすてる。

手にハンドルを持ち、走ってジュリーのもとに行く。男の脚は短く、ズボンが大きな尻のまわりではためいた。ジュリーは体を深く折り曲げて、垣根のなかの何かを調べている。男は大きく開いた女の脚を見つめた。

「よこして！　早く！　まだそこにいるのよ！」

男は、ジュリーの手がジャッキのハンドルをひったくるのを感じた。女は興奮した様子で垣根の下を指している。

「そこ！　そこ！」

男は仕方なく体を屈めて見た。ジュリーは男の頭にハンドルを叩きこんだ。こんなことじゃないかと思った。そう考えながら男は四つん這いに倒れた。

「豚！　どすけべ！　くそったれ！」ジュリーは男を罵った。

男が立ちあがろうとする。今度は額を殴りつけた。頭皮が裂け、男の顔に血がほとばしる。

「やめてくれ！」男は懇願した。

ジュリーはさらに二度男にハンドルを振りおろした。男は道路の埃のなかに倒れこむ。まだ呻いている。ほとんど意識がない。男はジュリーの踝《くるぶし》を摑もうとする。そこに嚙みつこうとしたのか、ジュリーをひっくり返そうとしたのか、男にも分からなかった。ハンドルの最後の一撃が男を絶命させた。もう動かない。ジュリーは男の体を探った。持っていたのは、フィルター付きジターヌの封を切ったパッケージ、コンドームの箱、切り取り式の帳面、銀製のボールペン、ばらばらの小銭だった。財布には、エミール・ヴァントレ名義の何種類かの証明書と、五〇〇フランが入っていた。ジュリーは金をショートパンツに突っこんだ。それからエミール・ヴァントレの靴を脱がせ、遠くに放り投げた。ズボンとパンツも剝ぎとり、念入りに引き裂いた。車に戻る。イグニションキーは刺さったままだ。ペテールはいまだに深い眠りから覚めない。ジュリーはエンジンをかけ、公道に出て、すばやく遠ざかった。一時間もしないうちに、プジョー204はクルトネーで南行きの高速道路に入った。めざすは地中海だ。

19

トンプソンは雨で濡れたスーツを着たまま、ローヴァーをオルリー空港の駐車場に置き、チャーター機に乗った。翌日の午前中には、別のチャーター機でオルリーに戻ってきた。「ヒルトン」の部屋で一時間過ごす。二組のスーツをクリーニングに出した。その間、青と栗色の縞模様になったタオル地のガウンを着て、部屋の椅子に腰かけ、ヴィッテルのミネラルウォーターを飲み、すぐに洗面所に吐きに行った。皮膚は鉛色で、目は血走り、吐き気がさらに募り、ときどき抑えようのない凄まじい咳の発作を引きおこした。寒気で震えている。鼻がつまり、ひどく乾いている。体の表面が燃えるように熱い。シャワーを浴びると、震えで歯が鳴りはじめた。

クリーニングされた服が届くと、トンプソンはにわかに急ぎはじめた。濃い灰色のタートルネックの上にタバコ色のスーツをふたたび着た。会計を済ませ、ローヴァーに乗りこみ、パリに向かってスピードを上げる。吐き気のせいで、運転は困難をきわめた。ポルト・ブランシオンでパリの環状道路から降り、マラコフ通りを進んだ。鉄道の線路の近くで、舗石のあいだから草が生えている薄汚い小路に入り、表面が崩れかけた一軒家の前で停車した。中庭と錆びた倉庫が隣接している。トンプソンは車から降り、近づいて鉄格子のチャイムを鳴らした。でこぼこの歩道には、ごみや布の切れ端や鉄屑がちらばっている。野良猫がそのあいだを擦りぬけていく。半ば消えかかった古い落書きがある。「リッジウェイ出てけ」。トンプソンの顔は歪んでいた。

鉄格子が開き、目の前に青い作業着のココが現れても、トンプソンは緊張を解かなかった。

「車をなかに入れたいんだが」

ココは意地悪そうな目つきで通りをうかがった。

「金は？　どういうことになりました？」

「なかで話す」

　トンプソンはローヴァーに戻る。ココが鉄格子を左右に開き、車は中庭に入った。チューブの取れたタイヤ、横っ腹に穴の開いた洗濯機、ダッジのトラックの運転席、タイヤが外れたビュイック・ロードマスターなどが見える。ココはローヴァーの後ろで鉄格子を閉めた。脚を開いて立ち、拳を腰に当て、じっと動かない。トンプソンは咳をしながら車から降りた。

「兄貴の具合はどうだ?」

「よくなると思う。会いますか?」

「ああ、顔を見たい」

「まったくな!　ムッシュー・トンプソンはいつでも慎重だ」

「馬鹿な真似はするなよ。話すことがあるんだ」

　ココは不審げな仏頂面を浮かべ、トンプソンの先に立って、ガラスの庇《ひさし》のついた急な短い階段を上った。ガラスは何か所もひび割れている。階段の上の靴拭きマットは、乾いた分厚い泥の層の下にほとんど埋もれている。

　ネネスは家の入口でトンプソンと弟を迎えた。明らかに昨夜から髭も剃らず、顔も洗っていない。きつすぎるブルージーンズが大きな性器のかさばりを目立たせている。

ランニングシャツの下から包帯のわずかな膨らみが見える。ネネスの体は悪臭を放ち、ソーセージの匂いもした。銃身を切り落としたターザンのライフルを前に向けて構えている。トンプソンは後ろ手に扉を閉めた。

「友人として話しあいに来たんだ」トンプソンが切りだした。「そんなものはしまってくれ」

ネネスはかすかにためらったが、それから銃床を上にして傘立てに差した。

「気にすることはない」とネネスは答えた。「一杯飲むかい？」

トンプソンは首を振った。三人は客間に向かう。ワックスで磨いた寄せ木張りの床にずんぐりした家具が並ぶ小市民的な客間だ。プリントした木綿のカーテンの掛かった窓は電車の線路に面している。防水加工のテーブルクロスをかぶせた食卓を囲んで座った。ココはおそろしく汚い食器棚から、梨の蒸留酒の瓶とひどく小さいグラスを取りだし、ひとりずつに注いだ。トンプソンは断わらなかった。

「傷はどうだ？」

「どうってことはない。きれいにふさがってる。それに初めてのことでもないしな」

「それはよかった」とトンプソンは応じた。「それじゃあもうひとつの話に移ろう。

運転手がひとり必要になった。この仕事をもう一度、別の出発点からやり直すんだ。依頼主に会った。ひどく不機嫌だった。いや、いまでも怒り狂っている。最初は話しあうのに難儀したが、新たな事実も分かった。話を聞きたいか？」

「ああ、もちろんだよ」ココが口を開く。「ラジオじゃなんにもいわないもんな」

「そのとおりだ。女は警察には行かなかったんだ。逃げだした。それで、私が女を殺さなくてはならない」

トンプソンはそういいながら、胃の上で手を握りしめていた。

「逃げだした？」ココが繰り返す。

「昨日の午後――私たちがそれを知ったのは夜になってからだが――、女は自分と子供を乗せてくれた車のドライバーを襲った。ジャッキで何発も殴って殺し、財布と車を奪ったんだ。リヨンの北、四五キロのところに高速のA6号線のパーキングがある。車はそこでガス欠になって、空っぽで見つかった」

「なんていかれた女なんだ！」ココが大声を出す。

「本当にな」

ココは呆れたように首を振っていた。

「その情報はどこから聞いたんだ?」ネネスが尋ねる。

「依頼主からだ」とトンプソン。「警察に知りあいがいて、そこから直接聞いた情報だ」

「で、俺たちにどうしてほしいっていうんだ?」

「私に、警察より早く女を見つけて始末してくれ、といった。だから、運転手がいる。私はもうこれ以上運転できない。体調がひどく悪いからだ」

「あんたの客が頼んでることとなんて、できっこないよ」ココがいった。

トンプソンは苦い顔をした。

「いいや。女を殺さなくちゃならない。それに、子供もだ」

兄弟は顔を見合わせた。トンプソンもいかれてる、間違いない。だが、金にはなる。

「ひとりひとりに二〇〇万フランって話に変わりはないのか?」

トンプソンはうなずいた。

「やってみるか」とネネス。

「必要なのは運転手ひとりだ。ココだけでいい。あんたは怪我をしているし」

「ネネスと俺だ」ココが断言した。「一緒にやるか、やらないかだ」

「よかろう、仕方がない」

トンプソンは充血した目を擦り、ため息をついた。

「チャーター機を待たせてある。細かい段取りは車のなかで説明する」

トンプソンはいきなり立ちあがった。椅子が後ろに倒れる。壁ぎわの床に、女ものバッグが置いてある。トンプソンは身を屈めて拾いあげた。

「愚かなことをしたな」トンプソンは静かに、ほとんどささやくようにいった。「本当に愚か者だよ。女のハンドバッグなんて。処分しなくちゃならん。持っていくぞ」

出口に向かう。兄弟はグラスを空にしてから立ちあがった。

20

続く二日目も、ジュリーはまったく眠れなかった。

ペテールは一七時間眠ったあと、朝の六時に目を覚ました。夜中の一二時を過ぎてから、ペテールの眠りはしだいに正常の域に戻っていった。目覚めるとき、叫び声をあげた。ジュリーはベッドから飛びおり、子供のところに急いだ。ペテールは上半身を起こしていた。わけが分からないまま、部屋の灰色の薄暗がりを見ている。

「わたしはここにいるわよ。心配しないで」

ペテールはジュリーの首に両腕をまわし、全力で抱きついた。息がつまるほどの強さだった。

「ここはどこ、ジュリー？　悪いやつらはどこにいるの？」

「しーっ！　静かにして。ホテルにいるのよ。逃げてきたの」

「追いかけてくる？」

「いいえ」

「警察に捕まったの？　あいつらのこと、警察に話した？」

ジュリーは体を震わせ、子供の腕を振りほどいた。ペテールは部屋を見まわした。白い壁のかなり広い部屋で、木製で田舎風の古い化粧台、壁を刳りぬいて作った洗面台、水差し、大きな楕円形の鏡がある。鏡は、二本の木の柱のあいだに水平に板を渡し、その上に据えられている。

「警察だよ！」ペテールは繰り返した。「ねえ、どうしたの？」

「警察には行かなかったの」

「なぜ?」

ジュリーは苛だたしげに首を振り、黒い髪が白い首のまわりで揺れて乱れた。

「まっぱだかだね」ペテールは興味深げに指摘した。

「服を着るわよ。あなたも着なさい。朝食を食べに行くから」

「で、警察はどうするの?」

ああ、このがき! ろくでなしのがきめ。でも違う、とジュリーは思った。いかれてるのはわたしのほうだ。

「警察には行けないの。だって、警察が怖いのよ。大っ嫌いなの、警察なんて。警察警察警察! 分かったでしょ! やなんだってば!」ジュリーは抑えこんだ声で激しい怒りを表した。

「どうして?」

「いい加減にして!」ついにジュリーは金切り声を上げ、ベッドの端に座った。

自分でも泣きだすのか、笑いはじめるのか分からなかった。分からないまま、ショートパンツに脚を突っこみ、Tシャツを頭からかぶった。Tシャツには汗の染みができていた。プジョー204を捨てたあと、ジュリーはペテールを腕に抱えたまま、さらに何キロも何キロも走ったのだ。細い道、めだたない公道、野原を横切って、一〇キロか、二〇キロか、もう自分でも分からなかった。鈍い頭痛に襲われた。体じゅうの関節が痛んでいる。

「わたしはむかし悪いことをしていたの」思わず口走ってから、ジュリーは子供の顔を見た。その言葉がペテールにどんな影響をあたえたか不安になったのだ。

ペテールはくすくす笑った。

「うそでしょ」

「ほんと。刑務所にも行ったわ」

「なんで？　人殺し？」

「洋服を着なさい」

鎧戸の向こうは明るくなっている。ペテールが「けいさつ」という言葉を発してから、ジュリーは部屋の薄暗がりのなかで息がつまりそうだった。

「ちゃんと教えてよ！」子供は叫んだ。「ぼくはいつ寝ちゃったの？」

ジュリーは子供の顔を両手で包んだ。

「どうしても教えてほしい？　本当のことを知りたい？　わたしは脱走してきたの。

信じる?」

「もちろん」とペテールはいった。「『逃亡者』と同じだ。自分の無実を証明しなくちゃいけないいんだね」

「そのとおりよ」ジュリーはため息をついた。

「なんの罪で捕まったの?」

「殺人。満足した?」

「ぼくはジュリーを信じるよ」ペテールはいい切った。

「じゃあ、服を着なさい」

ジュリーは子供の着替えを手伝う。

「どうやって無実を証明するつもり?」

「アルトグ叔父さんのところに戻って、叔父さんに全部話すのよ」

自分でいってしまってから、ジュリーは一瞬、ぽかんと口を開けていた。

「何をいっているのかしら、わたし」とわれに返る。「馬鹿だわ、ほんとにどうかしてる、頭がおかしいわ。行かなくっちゃいけないのは……警察よ。どうしていいか分からない」

「靴のひもを結んでよ」ペテールが催促した。

鎧戸の隙間ごしに、減速して走る車の低い音が戸外からせり上ってくる。砂を敷いたホテルのパーキングに駐車しに来たのだ。ジュリーは窓に走りよった。隙間から黒のプジョー403の屋根が見える。明るい青のレインコートを着た男たちが車から出てくるところだった。男のひとりが顔を上げて、ホテルの正面を眺めている。髪を短く刈りあげた若い男だ。ポケットに手を突っこみ、紙巻煙草をふかしている。

「みんな寝てるな」若い男がいった。

「かまうもんか」もうひとりのレインコートが答える。「お日さまは起きた。俺さまも起きている。行こうぜ」

若い男がうなずいた。ふたつのレインコートがジュリーの視界から消える。まもなく、階下の入口で、扉のブザーの長く鳴らされる音が聞こえてきた。

「刑事だ」とペテールがいう。

「逃げましょう」ジュリーは答えた。

子供の手を取る。廊下に出た。ブザーの音がいっそうつよく聞こえてくる。一階で足音が反響する。

「ほら、ほら、来るわよ」

ジュリーは汗びっしょりだった。走って廊下を抜け、閉まったドアの並びに沿って進んだ。窓がひとつ開いていて、その下は波打つトタン屋根だ。遠くには、どっしりとした緑の山々が森に覆われ、霧をたなびかせて連なっている。ジュリーはトタン屋根に飛びおりた。ペテールは喜んでいる。ふたりは屋根を駆けおりた。庇はそんなに高くない。ジュリーはペテールを抱いて、家畜小屋の隣の中庭に飛んだ。着地した瞬間、踵を捻りそうになった。雄鶏が恐ろしい鳴き声を上げる。牛の糞で足を滑らせながら、石垣のあいだの細い道を通って、シダの繁る斜面に出た。丈の低い草は露に濡れてつるつるしている。ジュリーは滑って倒れ、ペテールと一緒にシダの茂みを転がった。ふたりは起きあがり、狭い木々を掻きわけていく。ホテルの下にある公道のカーブに出た。ショソン社製の大型バスが曲がり角から現れた。ジュリーは手を振る。バスはブレーキをかけ、停車した。ジュリーとペテールは乗りこんだ。

「かわいい女の子は得だねえ！」と白い制服の運転手が声をかけた。ドアが圧縮空気の大きな音を立てて閉まり、バスは坂を下りはじめた。バスのなかは濡れた犬の臭いがした。帽子をかぶったままの農民たちが、膝に籠を乗せて、擦り切れた座席でうとうと眠っている。ジュリーは席に着いた。めまいがする。口のなかに金属の味がした。バスは細かく振動し、いつまでもジグザグの曲がり道が続く……。

……運転手がジュリーの肩を叩いた。

「具合でも悪いのかい？」

びっくりして目を向けると、バスが駐車している木の植わった広場だった。

「寝てしまって」ジュリーは慌てて答えた。

「終点だよ。五フランと五〇サンチーム」

料金を払って、ジュリーとペテールは降りた。そこから遠ざかり、広場を出て、たまたま客のいないカフェを見つけ、テラスの椅子に座った。ジュリーはカフェ・クレームとココアの、それぞれ大カップを注文した。この店にはクロワッサンがなかった。

「ちょっと待っていて」とジュリーはペテールにいった。

すぐ隣に煙草屋、近くにパン屋があった。ジュリーはテーブルに、クロワッサンと煙草と新聞を何紙かもってきた。ペテールが食べているあいだ、ジュリーは震える手でゴロワーズに火をつけ、新聞をめくった。ジュリーは中くらいの大きさの活字で見出しにまだ登場していたが、添えられた本文は短かった。新聞記者が新しい情報を得ていないことは間違いない。「包囲網、狭まる」と見出しが出てもいい状況のはずだからだ。しかし、それが本当なら、新聞に印刷されることはないだろう、とも考えなおして、唇をゆがめた。首筋が痛かった。

新聞はアルトグについて大げさなことを書きたてている。この「若き金融資本家」は「旭日のごとき社会的上昇」を遂げ、彼を「うらやむ敵は数知れず」とのことだった。

「現在、この実業家がどこにいるかは分かっていない。いくつかの情報源によれば、アルトグ氏は甥の失踪を知ってミュンヘンより緊急帰国したのち、捜査の進展を待ちつつ、人目を避けるためふたたびパリを離れたという」

「分かってるわよ」とジュリーはひとり言をつぶやいた。「モールの塔にいるんでしょ」

ジュリーは自分の計画が正しかったことを知り、勇気づけられた。じっさい、あの山の迷宮、お伽の国の家からそんなに遠くないところに自分はいるのだ。あそこに行き、アルトグの足元にひれ伏そう。いまからその光景が目に浮かび、ジュリーは興奮した。まるでドラクロワの絵みたいな情景だ。前にアルトグがいったように、人間と世俗を離れて、フランス中央山塊の雲がかかる切り立った山の頂上で、富豪は彼女の手を取って立ちあがらせ、彼女の行動を理解し、赦し、誉めたたえ、自分の右側に座らせるだろう。ジュリーは席を立ち、ペテールを引っぱって店の奥に行き、支払いを済ませた。そのあいだも震えていた。駅への道を教えてもらい、踏切に出た。そこからは、駅のホームを飾るイボタの木が見えた。木は埃まみれで、コンクリート製の箱に植えこまれている。ホームの上の白い看板のようなものには「ボエン」という名が青い文字で書かれていた。看板がすこし引っこんでいるのは、憲兵隊の詰所と同様、夜になると上から灯火で照らされるのだろう。ボエンという地名は聞いたことがなかった。ジュリーが横を振りむくと、ペテールはクロワッサンを食べ終えるところで、小走りに歩いている。まわりを興味ぶかげに眺めているが、落ち着いた様子だ。何軒かの商店に入り、ジュリーは膝まで来る不格好な灰色のレインコートと、ミシュランの地図を数枚買った。本屋を出るとき、通りの向かい側の大きな白いポスターが目に入った。真赤な文章が記されている。

法と秩序

警察なしで
憲兵隊なしで我々は生きられるのか？
全能者である神の
大いなる日の戦い（「ヨハネ黙示録」16章14節）
諸価値の
崩壊は何を意味するのか？
終わりの時には
困難な時期が来ることを
悟りなさい（「テモテへの手紙その二」3章1節）

ポール・ツヴィコー

ジュリーはミシュランの地図を抱え、もう片方の手でペテールの手を引き、通りを渡った。ポスターの貼られた門をくぐり、なかに入る。小さなタイル張りの会場入口では、帽子をかぶった農民たちが小声で話しあっていた。奥に講演会場の扉が開いている。まばらな聴衆がベンチに座っていた。大半は年寄りと子供だ。ひとりの男が壇上で話をしており、背後には、波打つ金と赤のタペストリーを模して描いた幕が下がっている。ジュリーが席に着こうとしたとき、男は舞台裏のほうに向かって腕を差しのばした。

「ポール・ツヴィコーです！」と男は先導するような大声で告げた。

若者が舞台袖から走って現れた。栗色のポロシャツに黒いスーツを着ている。眼鏡をかけ、髪をきっちり分けていた。

「犯罪と暴力と不正と悲惨から人類を解放する国家体制のもとで生きたいと思いますか？」

聴衆は、思わない、とはいわなかった。ツヴィコーは演壇を大股で歩きまわりはじめた。乱暴に頭を後ろにのけぞらせる癖がある。首が折れないかと心配になるほどだ。

「法と秩序が『宇宙』を支配しています！」と叫ぶ。「そのことは、天球を仰ぎみれば明らかです。天体の運動の深遠な感覚が我々からすでに失われてしまったにしても、我々は最も偉大な学者、天文学者、原子論者の主張を信じなければなりません。彼らの言によれば、夜を、季節を、年を、世紀を重ねるごとに、星々は宇宙空間を進みつつ、軌道上で変化を続けているのです。この変化は厳密な規則に基づいているので、諸世紀の凋落がいつやって来るか、前もって知ることができるのです！」

演説者は咳払いをした。

「わが兄弟よ、姉妹よ、聞いてください！　永遠なる我らが神は『宇宙』に調和ある秩序をうち立てました。したがって、我らの星、この天体空間を旋回する惨めでちっぽけな泥の塊の上に、神が秩序と調和をあまねく行きわたらせることができないはずはないでしょう」

「あたしは神様のサインを見たよ！」黒服の太った女がわめいた。

ツヴィコーはこの野次を完全に無視した。

「我々は何を見ているのか？」と大声を出す。

「神様のサインを見たんだよ！」太った女も負けない。

体格のいい警備員が女の腕を摑み、耳元で何か語りかけた。女はすぐに申し訳なさそうな顔になった。

「我々は何を見ているのか?」ツヴィコーはうすら笑いを浮かべながら繰り返した。「人間は、暴力と不正と悲惨を終わらせ、法と秩序を実現することができるか? 否だ! 大都市から警察が消えたとき、何が起こるか教えましょうか? 一九六九年一〇月七日、モントリオールで起こった出来事です。警察官がストに入りました。市民は自分たちを逮捕する警察がいなくなったと知りながら、法律を守ったでしょうか? とんでもない! モントリオールはたちまち暴動と、放火と、略奪と、タクシー運転手同士の抗争の舞台と化したのです! 暴徒は棍棒と石で武装し、愚劣きわまる破壊活動の狂乱に身を投じました。

ホテル・クイーン・エリザベスのガラスをたたき割り、商品を強奪しました。IBMの立派な建物や、ウィンザー・ホテルや、マウント・ロイヤル・ホテルを荒しまわりました。警察がいないだけで、法と秩序は完全に消えてしまったのです。政府閣僚によれば、この街は『無政府状態の瀬戸際』まで追いこまれたのです!」

ツヴィコーは一瞬、爪先立ちになって腕を振りあげ、事態の恐ろしさを強調した。「この事件は何を意味しているのか?」彼は続けた。「何がこんな異常事態を招いたのか? そしてとりわけ、我々は何をなすべきか? 人間は真剣に努力を重ねてきました。あらゆる政治体制を試してきました。しかし、人間の問題をだれよりもよく知る創造主の力にすがろうとはしなかったのです！　主はこの世の始まりから起こってきたことをすべてご覧になっていたというのに」

「そうだ！」いくつもの声が上がった。

「ハレルヤ！」

「くそ喰らえ！」ジュリーは叫んだ。

「お姉さん、お静かに」体格のいい警備員が注意した。

「あんたの姉さんなんかじゃないわよ」ジュリーはやり返したが、それだけで口をつぐんだ。

「答えは創造主です！」ツヴィコーは続ける。「我々に必要な国家を建設し、秩序を打ちたてにやって来るのは、我らの神なのです。聖書にこう書かれています。『天の神は一つの国を興されます。この国は永遠に滅びることなく、その主権は他の民の手に渡ることなく、すべての国を打ち滅ぼし、永遠に続きます』ダニエル書、2章44節より」

ジュリーは立ちあがる。

「この豚野郎、ゲロが出そうだ」と大声を出した。

ツヴィコーは演壇の下に飛びおりてきた。

「私の話を聞きなさい！」

ジュリーはペテールの手を引っぱり、一目散に逃げだした。説教師は通りまでジュリーを追いかけてきた。ジュリーは駅に向かって走った。ツヴィコーが追跡をあきらめたとき、ジュリーはすでに駅構内に入っていた。あの屑ども、わたしを捕まえようと必死なんだ。うまく撒《ま》いてやるさ。慌ててる場合じゃない。必要なら機関銃で皆殺しにでもしてやる。煙草が指を焼いていた。

「ちょっと、返事をしてったら、ねえ！」ペテールが息を喘がせる。「何をしてるの？　いったいどこへ行くんだよう？」

「逃げてるのよ。アルトグのところへ行く。ずっと遠くの、アルトグのすてきなおうちに行くの」

ジュリーは鉄道の時刻表と道路地図を見比べて、ようやく自分のいる場所の見当をつけた。リヨンの西、およそ六〇キロのところだ。オリエルグ郡にあるアルトグのすてきなおうちに行くためには、おそらくさらに六〇キロ進まなければならない。ちょうどローカル線の列車が到着するころだ。ジュリーはサン＝テティエンヌまでの切符を二枚買った。列車は逃亡者たちを乗せた。暑かった。不格好なレインコートを着て大汗をかいている。ペテールは驚くほど行儀よく、黙りこくっているが、緑色の目を不審そうに見開き、じっとジュリーに向けている。ジュリーはふたたび地図に見入った。「山のなかを旅することになるわ」とペテールに説明する。「山のなかなら、だれにも捕まらないから。山のなかを進んで、すてきなおうちに着くのよ」

「その話はもう聞いたよ」

二人はモンブリゾンで下車した。午後の一時半だ。ジュリーは驚いた。もっとずっと時間が経っていると思ったのだ。二人は焼けつくように暑い駅前広場を横切って、軽食堂で昼食をとった。

「いつ出発するの？」ペテールが尋ねる。

「急ぐ必要はないわ」

「だめだよ。ぼくたちは追いつめられたけものなんだから」

「早く向こうに着きたい？」

「うん」

「わたしと一緒にいるのがいやなの？」

「そんなことはないよ」

「おもちゃでも買ってほしい？」

「分かんない。買ってくれるんなら、ほしい。でも、おもちゃって何？」

「分からないわ。あなたのほしいもの」

「なんでもいいよ」

「あのね、ペテール」とジュリーは説明した。「山のなかに隠れて、ママと子供みたいに暮らさなきゃならないかもしれないの。そうすれば、だれにも絶対に見つからないから」

「警察はいつだって犯罪者を捕まえるんだ」

ジュリーは顔をしかめた。

「デザートを食べちゃいなさい」

「もうお腹いっぱいだよ」

ジュリーは勘定を払った。残っている金を数える。四〇〇フランもない。これで逃げるってか！

「行きましょう」ジュリーは促した。

「だからどこへ？」

「歩くのよ」

二人は町をぶらついた。市《いち》が立つ日だった。小さな町の中心は人ごみと雑多な屋台で身動きできないほどだ。ジュリーはペテールにアイスクリームを買ってやった。ぼんやりとバスの発着所を探す。本当にバスの発着所なんてあるんだろうか？　結局、町の外側を走る並木通りのひと気のないカフェの横に青い柱が立っていて、そこに「バス停留所」という文字が読めた。発着の時刻表も出ていない。ジュリーは地図を手に、太陽に向かって立ち、停留所に停まったバスがどちらの方向に行くか考えてみた。そのとき、黒のシムカ１５００が近くを通りすぎ、後部ドアの下げたガラス窓からココの顔が見えた。ココもジュリーの顔を見ていた。

21

彼らはローヴァーをオルリー西空港のパーキングに置いてきた。

「ちょっと待っててくれ」と、空港のロビーに入ったトンプソンは兄弟にいった。「いいな、伝言がないか見てくるから」

トンプソンはしばらくどこかに行ったあと、背を屈め、指で紙片を丸めながら戻ってきた。ココとネネスはスチュワーデスの脚を眺め、まんざらでもなさそうにロビーを見渡していた。ふたりともチェックのシャツに青灰色の安物のスーツを着ている。それぞれ替えの下着類と拳銃の入った小さなスーツケースを下げている。

「女は二度捕まりそうになった」とトンプソン。

「あんたのお客の伝言かい？」

イギリス人が首を縦に振った。目にひどい隈ができ、唇の両端は真っ白だ。

「警察はもうちょっとのところで、女がひと晩泊ったホテルで逮捕できるところだった。それから、その日の昼近くに、ホテルから一〇〇キロも離れたところに現れて、福音派の集会で騒ぎを起こしたらしい。ルーアンやアルプスや他の場所でも女を見たという報告があるが、それは絶対にありえない」

「善良な市民がびびってるってわけだ」ココがせせら笑う。「そこらじゅうが悪人だらけだからな」

「あんたの客はずいぶん事情通だな」とネネスがからむ。

「情報を握れる立場にいるんだ」トンプソンはため息をついた。「さあ来てくれ」

三人は歩いて空港の反対側まで行った。灰色のバラックの建物があって、その近くにビジネスや観光用の飛行機が停まっている。半袖シャツの若者たちが芝生でペタンクをして遊んでいた。トンプソンはそのうちのひとりを呼んだ。

「俺ぬきで勝負を続けていてくれ」若者はペタンク仲間にいった。

「どこへ飛びます?」

「リヨンだ」

トンプソンは飛行機に乗り、席に着くまで次の言葉を発する機会を待った。それから、パイロットのほうに顔を近づけた。

「リヨンに向かうべきかどうか分からないんだ」といい直す。「ロアンヌとサン゠テティエンヌのあいだにある、ボエンのできるだけ近くまで行きたい」

パイロットは頭を掻いた。黒い目、褐色の髪を短く刈りこみ、機敏で健康そうだ。

「フールの近くにヴィルヌーヴがある」と若者はいった。「そこがいちばん近いね。さもなきゃもっと南にサン゠テティエンヌ空港があるけど、実際はアンドレジューにあるんだ」

「そういわれてもなんのことかさっぱり分からない。ともかく出発しよう。地図を見てみるよ」

パイロットはレシーバーを装着し、ナイロン製フレームのサングラスをかけ、整備士と不可解なサインを交換した。エンジンが爆音を連続させる。エンジンは二基だった。それなりにスマートな機体がけばけばしい黄色と赤に塗られ、翼の端には真っ赤な出っぱりがある。おそらく気化燃料のタンクだろう。セスナ421。飛行機の胴体には乗客席が六つあって、座り心地のいい椅子に肘掛けと灰皿が備わっている。プロペラの風圧で草が薙《な》ぎたおされている。双発機はいちど機体を震わせると、地面を移動しはじめた。パイロットは無線で話をしている。離陸前の定位置に着くと、ブレーキをかけた。

「オルリーはいやだね」パイロットがトンプソンに打ち明けた。「貨物輸送のせいで、しょっちゅうトラブルが起きるんだ」

そして、マイクに向かってわめいた。ブレーキが解除される。セスナはコンクリートの上を長いこと滑走し、ぐらりと揺れると、宙に浮いた。トンプソンは後部座席に行き、兄弟と一緒に座った。トンプソンの顔色はほとんど緑色に見え、目をうすく開けている。

「飛行機に乗るのは初めてなんだ」とココがいう。

トンプソンは地図を確かめ、金のシャープペンシルでいくつかの場所を突いた。それからしばらく席をはずし、トイレに行って、ほとんど自動的に吐いた。そんな状態に慣れはじめていた。

その間、兄弟は空から地上を見下ろして上機嫌だった。干からびたような唇のトンプソンは、トイレから出ると操縦席に向かい、パイロットの耳もとに大声で話しかけた。

「ヴィルヌーヴで降りたら、車は簡単に借りられるか?」

「タクシーのこと?」

「ちがう。レンタカーだ。運転手はいらない」

「だったら無理だよ、兄貴!」

「私はお前の兄貴じゃない」

パイロットの顔から血の気が引いた。

「失礼しました」

トンプソンは微笑んだ。

「さっき君がいったサン＝テティエンヌの近くの空港に降りてもらおうか。そこなら車があるだろう」

すぐに一台見つかった。かなりくたびれた黒のシムカ１５００だ。それよりいい車はない。ネネスは不満の文句をつぶやいた。

「だが、運転する自信はある」

ハンドルを握る。ほかの二人は反対しなかった。トンプソンはアンドレ・プルーストの名で車を借り、それらしく書類に書きこんだ。

「モンブリゾン方面へやってくれ」トンプソンがネネスに命令する。「それからボエンだ。国鉄の駅とバス会社の窓口で例の女のことを聞いてみよう」

「ポリ公より先に女を捕まえるなんて不可能だ」とネネスがいう。「できっこない」

「できる」トンプソンが答えた。「やるしかない」

１５００は全速力で飛ばす。ココが後ろの座席で気をもむ。

「抑えて、抑えて……」

「いいから黙ってろ！」

トンプソンはため息をつき、膝に目を落とした。シートベルトは締めていた。道路は真っ直ぐだ。シムカは平均一〇〇キロ以上で道を走破している。モンブリゾンに入ると、午後の三時だった。

「スピードを落としてくれ」トンプソンが声をかける。「標識でボエンかロアンヌを探すんだ」

「なんてこった！」ココが叫んだ。「あそこ、あそこだ！　停めろって！　あそこだよ！　女だ！　女がいるんだ！」

ネネスがブレーキを思いきり踏みこむ。シムカは停車しようとして左に曲がる。ネネスはバックミラーを見つめ、激しくハンドルを逆回転させた。脇腹に鋭い痛みが走る。シムカはスリップしながら、その場で半回転し、正面から来るシトロエン４ＣＶの進路をさえぎった。ココとトンプソンは座席から半ば立ちあがっている。シムカはジュリーとペテールを五〇メートル追いこしていた。ジュリーはプラタナスを植えた歩道に突っ立ったまま、呆然として凍りついている。

「この場で殺して、国道４９６で逃げるんだ」トンプソンが命じた。

手をジャケットの下に入れる。

「もう吊るすのはやめですか？」驚いたようにココが尋ねる。

「殺す。それでけりをつける」

シムカは轟音をあげながらジュリーに向かって突進する。ジュリーは目が覚めたようだった。ペテールの手を掴み、歩道に停まった車のあいだを走りはじめる。

ジャケットから出したトンプソンの手には、奇妙な形をした標的射撃用のシグのオートマチックが握られていた。現実ばなれした玩具に見える。もう一方の手で、急いでドアのガラスを下げる。

標的から一〇メートルのところで、ネネスはギアを落とした。ブレーキがかかって、シムカはいきなり減速し、古いサスペンションで車体が前のめりに揺れる。トンプソンの耳もとでココの銃撃音が炸裂する。ジュリーは頭から転がって埃を巻きあげたが、トンプソンは着弾が高すぎるのを見た。停車したルノー4の屋根に当たっている。

ジュリーは車の陰に回りこみながら、全速力で地面を這い進んでいる。トンプソンは鉄の爪が腹わたを締めあげるように感じた。銃の照準の先にペテールの蒼ざめた顔が浮かび、シグの引金を絞った瞬間、ネネスが乱暴にハンドルを切った。弾《たま》は子供の耳の下を通過した。

「引き殺してやる」とネネスが唸る。

シムカはバランスの限界までカーブを描き、歩道に乗りあげて、地面から浮きあがり、スピンした。

「くそったれのろくでなしめ！」ネネスが怒鳴る。

ジュリーはペテールの手を引っぱって逆方向に走りだし、停車した車のあいだをジグザグに駆けた。ココはトンプソンの鼻先でふたたび銃を発射し、飛びちった火薬がトンプソンの顔を焼いた。シムカのスリップは止まらず、ルノー4に衝突し、フェンダーをもぎとった。ジュリーは二台の車のあいだに飛びこんだ。

「引き返せ、ネネス！」とココが叫ぶ。「もう無理だ！」

ココは当てずっぽうにリボルバーを撃ちまくった。弾が車体の上を滑って、あらゆる方向に跳弾が飛ぶ。ガラスの雨が降る。エンジンが轟音をあげ、シムカはふたたび車道上で跳ね、ジュリーとは逆方向に走った。

「停まれ、馬鹿野郎、停まれっていってるんだ」トンプソンが無理に押し殺した声で命令する。

ネネスの耳には入らない。唇が青くなっている。トンプソンはオートマチックの銃身でネネスの指を殴りつけた。ネネスは急ブレーキをかけた。

「い、いったい……どういうことだ?」ネネスは途惑っていた。「ぐずぐずしてたら……やばい目を見るだろ?」

だが、がきと女は絶対に殺さねばならない。

「三分もすりゃ警察が来るぜ」

「三分あれば、殺せる。Uターンしろ」

ネネスは動こうとしない。

「Uターンだ。さもなきゃ、おまえを撃つ」トンプソンはシグの銃口をネネスの脇腹に喰いこませた。

ネネスは目をしばたき、クラッチを入れた。

「三分だけだぜ」ネネスは歯のあいだから絞りだすようにいった。

一〇〇メートル後ろに、野次馬が集まっている。その向こうに、トンプソンはジュリーとペテールを見た。横道に消えていく。野次馬も走りまわっている。シムカはUターンし、野次馬の群れに向けて加速した。

「あいつらだ！　来るぞ！」地元民が叫ぶ。

「かまわず突っこめ！」トンプソンが命じる。「最初の通りを左だ」

シムカはかまわず突っこんだ。地元民はわめきながら逃げまどう。ネネスはハンドルにかじりついている。タイヤが悲鳴をあげ、急カーブを描いて、狭い舗石路に入りこむ。道の向こうの端をジュリーとペテールが走っている。二人は橋を越える。追ってシムカが舗石路を跳ねる。車道にも人がいた。慌てて壁や店のショーウィンドウに張りつく。怒号があがる。

橋を越えたところで、群集が完全に道をふさいでいた。ペテールとジュリーが群集にまぎれこむ。ネネスはブレーキを踏んだ。車はふたたび左にスリップして停まる。

「だいぶ追いついたぜ」ネネスがいった。

曲がり道の先には何千もの人々が集まって、車道の真ん中に立てられた多くの屋台に群がっている。乗物で通ることは不可能だ。ジュリーの灰色と褐色の影が群集のあいだを走っている。トンプソンは車のドアの内側を激しく拳で打った。

「ココと私は歩いて追いかける。ネネス、おまえは大通りで車を捨てて、別の一台を盗んでくれ」

「あんた、どうにかしてるぜ」ネネスは喘ぐようにいう。

「いま大通りで見かけたバーで落ちあおう。煙草も売ってる『フルール』って名前の店だ。一五分後。私のスーツケースを忘れないでくれ」

「一五分後だと！」ネネスは呻き声を上げた。

「あとでな」とトンプソン。

シムカから降り、肩で人ごみを掻きわけていく。ココは動かない。

「ずらかろうぜ」とココはいった。

「だめだ」と兄はため息をついた。「あいつがボスだ。それに本物のプロだ。いうとおりにしろ」

22

ジュリーは何も考えられなかった。頭と目に霧がかかっている。人ごみに切れ目が見えたので、ペテールを引っぱり、走ってそこを抜けた。ペテールも恐怖で呆然としたままだ。

帽子をかぶった人々の頭上に空間が開けて、向こうが見通せた。ジュリーは振り返る。群集のなかにトンプソンの姿が見える。灰色の髪の、瘦せこけた長身の影が、大股で近づいてくる。障害物のない場所に出たら、縁日の射的のようにジュリーを撃ち倒すだろう。一〇〇メートル離れていたが、ジュリーは男の渋面のなかで歯が光るのを見た。道沿いにあるスーパー「プリジュニック」に真っ直ぐに駆けこんだ。

売り場の棚のあいだを縫って走る。スーパーは建物の一階を占領し、四方が通りで囲まれていた。大きく積み上げられた商品の彼方に、ガラスの扉がいくつか見え、別の通りに面している。その先の広場には人々が黒く群がっている。ジュリーはそちらへ突進した。トンプソンが入ってくる前に店を出る。そして群集にまぎれこむのだ。ジュリーは主婦たちを押しのけた。

あと数メートルで出口の扉だった。そのときガラスの向こうにココの姿が見えた。ジュリーは立ちどまり、瞬きするココと目が合った。ココは不安げにためらう様子を見せた。ジュリーは逆戻りしようとして、ペテールの腕を捻ってしまった。子供が泣きはじめる。

「だめ！　泣かないで！　黙ってよ！」ジュリーが叫ぶ。「もうおしまいよ！」

ジュリーは売り子に駆けよった。

「お願い、警察を呼んで、いますぐに！」

「なんですって？」

「警察よ！　警察を呼んで！」

「いったいどうしたの？」売り子は一歩退きながら尋ねた。

詮索するような薄笑いを口に浮かべてジュリーをじろじろ見る。ココがガラス扉から入ってくる。二〇メートルだ。ココはいきなり走る速度を上げた。ジュリーは振りむきざま、いちばん手近な食器の棚から割れない皿のひと山を床に投げつけた。たしかに割れなかった。

「気でも狂ったの！」売り子が後ろに飛びすさりながら大声を出した。

「人殺し！」ジュリーはありったけの力をこめてわめいた。

ふたたび振りむきざま、売り子の頬を思いきり張りとばした。走りはじめる。ペテールの手は放さない。子供はバランスを崩して前のめりに倒れ、ジュリーの手にぶら下がったが、そのままジュリーは手を放さず、全速力で引っぱって走った。子供の足がタイルの床に引きずられる。ペテールは声をかぎりに泣き叫ぶ。店の反対側から入ったトンプソンはその場に立ちどまり、銃を持った腕をだらりと下げ、銃口は床に向けていた。

「ひとごろしぃ！」疑りぶかい店の売り子たちの注目を引くため、ジュリーはもう一度叫んだ。

その間も売り場を縫って走りつづける。走りながら手当たりしだいに商品を摑み、床にぶちまける。白い上っ張りにバッジを付けた売り場主任がジュリーの進路にいきなり立ちふさがった。手を広げた仁王立ちのゴールキーパーだ。

「止まるんだ！」響きわたる声で命令する。

ジュリーは男の顔めがけて頭から突っこんだ。硬い頭蓋骨が男の顎に命中し、男は頭をのけぞらせてタイルの床に後頭部から転倒した。ジュリーはその上に飛びかかる。男が通りぬけようとしたペテールを捕まえ、放さなかったからだ。ジュリーは棚からステンレスの肉切り包丁を摑み、男の頭上に振りあげた。男はすぐにペテールを放し、体を丸めて、肘と膝で目と性器を守った。

「警察を！」男は金切り声を上げた。

「もう来るころよ」そういったジュリーの右腕を銃弾が貫いた。

23

もう待てない、とトンプソンは判断していた。信じがたい勢いでスーパーは錯乱に呑みこまれていった。走りまわる客は増える一方だ。棚のあいだの商品の残骸がジュリーの通った跡を示している。女の客はわめきちらし、何人もの売り子が小さな鐘の取っ手をつまんで、振って鳴らしはじめた。小銭が必要なときや、小切手で支払う客の身分証明書をチェックしてもらうときに主任を呼ぶ鐘だ。その騒音の上に、ジョーン・バエズおばさんの澄みきった歌声がＢＧＭとしてスピーカーから大音量で流れている。手のつけようがない。

トンプソンが腕を伸ばした瞬間、胃をねじあげ、引き裂くような痛みが走った。弾を放ったシグの照準の向こうでジュリーの影がびくりと震え、床に倒れた。トンプソンは狂乱の群集ごしに即座に次の銃弾を放った。二発目の９㎜パラベラムは必死で走る男の客の頭を吹きとばした。男は走りながら飛びこみ選手のように腕を前に出し、音を立てて店の床に水平にダイブした。トンプソンは身震いした。胃が火の玉のようだ。火薬の匂いで鼻孔が膨れあがる。銃声のことは気にしなかった。だが、まわりの客はますます気が狂ったように駆けまわっている。悲鳴を上げながら走る連中が、床に腰を落としたジュリーと、彼女を狙うオートマチックのあいだにたえず入りこんでくる。トンプソンはもうジュリーもペテールも見てはいなかった。商品棚の通路に飛びこみ、老女を突きとばすと、老女は恐怖のあまり泣きだした。トンプソンは口を苦い液でいっぱいにしながら、子供用品売り場に沿って進んだ。耳をつんざく破裂音が聞こえ、ココが腹を固めて銃撃を始めたのだと考えた。棚の上でプラスチック製品の破片が舞いあがる。激しい騒音が店から巻きおこる。こいつは興奮させる。俺も興奮している、と思いながらトンプソンは床に苦い汁を吐きだした。床に身を伏せ、商品の陳列台の下に重なりあう客がどんどん増える。母親たちは子供の上に体を投げだしてかばっている。みんなが口々にわめきちらす。トンプソンは腹をかかえて笑っていた。

24

自分の放った銃弾の軌道上で、プラスチックのおもちゃの破片が噴きあがるのをココは見た。体が小刻みに動く。手には古いコルトのリボルバーがある。頑丈だが旧式で、弾《たま》が右に逸れる癖がある。一瞬ののち、ジュリーとペテールが商品棚のあいだにいるのが見え、もう一発撃って、洗剤の缶の角を吹きとばした。

ココはまわりの連中が自分に飛びかかってくると思っていた。だが逆に逃げだした。われがちに逃げ、ひいひい泣き、転んで折り重なった。三メートルほど先で中年女が倒れ、腕で頭をかばい、狂ったように脚をばたつかせている。静脈瘤の浮いた脚だ。ココは女の脇を通り、その背後の、広場に面したガラス扉のほうを見た。そこから四つん這いで出ていく連中と、走ってなかに入ろうとする連中がいた。ココが扉に向かって二発撃つと、ガラスの大きな破片が崩れおち、粉々に割れた。野次馬の群れはいっせいに引き、喚声をあげて散り散りに逃げた。

「トンプソン！」ココが声を洄らす。「ずらかろう！」

喧騒のなかで答えは聞きとれない。いきなり、恐ろしい軋み音をたててBGMが断ちきられた。誰かがレコードプレーヤーの針を乱暴に引っぱったのだ。そのとき震える声が店の隅々まで響きわたった。

「そこから動かないで！　床に伏せてください！　強盗です！」

苛立ったココが目を上げると、動揺した声の主が目に入った。上っ張りを着た男で、食品売り場の上のガラス張りのブースにいる。ブースの上部に弾を一発お見舞いすると、英雄は椅子から転げ落ち、罵り声を残して消えた。

「馬鹿が」ココは嘲った。

二五秒間にどれほどたくさんのことが起こるか、驚くほかない。ココは、トンプソンが一発、二発、三発撃つ音を聞いた。悲鳴はやまない。ココは我慢できなくなって、スポーツ用品コーナーを回りこみ、ワインと酒の棚沿いに進んだ。

「トンプソン！」ふたたび呼んだ。

洗剤やワックスの陰からジュリーが視界に浮上した。右腕が血まみれで、長い手袋をはめているみたいだ。ジュリーは左手で、ココに向かって火のついた燃料用アルコールの瓶を放りなげた。ココは大口径コルトの引金をひいたが、弾は天井にめりこみ、自分は後ろにひっくり返って、頭を床に激突させ、驚いて叫び声を上げた。すぐそばで電球の割れるような音がして、炎をあげる液体の沼に囲まれていた。青く小さな炎がいくつもズボンの上を走る。脛毛《すねげ》に火がつくのが分かった。コルトを床に置き、慌てて腿を力いっぱいはたいた。ジュリーの姿は消えている。蒸留酒の棚が倒れ、上から酒瓶が降ってくる。瓶はココのまわりで砕け、まさに火の海が荒れ狂った。ココはズボンを脱ぎすて、火のなかで激しく飛びはね、火傷しながらもコルトを拾いあげた。パンツ一丁で出口へと駆けだす。脚が焼けつくように痛み、焦げた皮膚からベーコンを焼く臭いがした。

「真っ直ぐ走って！　真っ直ぐ！」ジュリーがペテールに叫ぶ。

手に蒸留酒の一リットル瓶を持っている。瓶の口がはんだ鏝《ごて》のように熱い。ペテールのあとを追って走りながら、セーターの陳列台に火の雨を浴びせかけた。最後に振りむき、渦巻く煙に向かって、半分中身の残った瓶を思いきり遠くまで放りなげた。瓶は爆発し、阿鼻叫喚《あびきょうかん》はさらに激しくなった。ペテールを前に押しやり、青い炎の海を飛びこえる。主婦とすれ違った。スカートが燃え、押しているカートも燃えている。主婦は本の陳列台にぶつかり、台ごと転倒した。本に火がつく。主婦は体を丸めて泣きじゃくっていた。

周囲では、叫び声が涸れ、咳きこむ声が増していた。煙が広い売り場全体を覆いつくしている。いくつものおぼろな人影が物の残骸につまずき、煙に巻かれて、体をふたつに折っている。ジュリーの後ろの離れたところから、ガラスの砕けちる音が聞こえてきた。さっきジュリーの入ってきた扉が、逃げようとする客の押しあいで割れたのだ。外の空気がすさまじい風となって店を吹きぬけた。炎が天井まで跳ねあがる。ジュリーは売り場主任の一団とすれ違った。勇敢にも消火器で炎に立ちむかっている。別の主任は手に斧を持って、熱に浮かされたように陳列台を叩き壊していた。

ジュリーとペテールはいきなり店の外に押しだされた。足の下で割れたガラスが音を立てる。見物人の群れが恐る恐る遠巻きにしている。逃げまどう客が店の外へと溢れだし、ジュリーに続いた。女たちは狂乱状態だった。わめき、手足をばたつかせ、男に抱えられていく女もいる。歩道には商品や客の靴がちらばっていた。ジュリーとペテールが見物人の群れに飛びこむと、親切な腕が抱きとめてくれた。

「あなた、けがは？　それに、お子さんも！」

「大丈夫、なんでもありません、どうも……」

ジュリーはその腕から脱けだし、人の渦のさらに奥へと進んだ。幸いなことに被災者が次から次に現れ、焼け焦げたパーマ頭を見せて嘆いている。ジュリーはすぐにスターの座を滑りおりた。出血する腕をどうにか隠しながら、さらに遠くへ逃げていく。

消防車のサイレンの音が彼方から聞こえてくる。

「どくんだ！　車道を開けて！」

「放火魔だ！」

「いや、毛沢東主義の連中だ！　大通りで車に機関銃をぶっ放したぞ！」

群集から遠ざかるジュリーを、サイレンを鳴らす赤い車両が何台も追いぬいていく。早くも消防士が車から飛びおりている。

ジュリーとペテールが通りを五〇メートルほど行くと、別の環状道路らしきものに出た。ジュリーは背後を振りかえり、わずかによろめきながらレインコートを脱ぎ、畳んで血だらけの腕に掛けた。ふたたびペテールの手を取る。

白く濃い煙がスーパーから吐きだされ、建物の下のほうを覆っている。それが野次馬の頭ごしに見えた。上の階の窓が開き、そこから住人が頭を出して、口を開け手を振っている姿も見える。

スーパーのある通りと外環道路の交差点では、車が徐行し、ドライバーが身を乗りだすように火事の様子をうかがっている。消防士がふたり走って来て、車にスピードをあげるように命令した。

適当な場所に駐車してしまった車もある。ドライバーは車の横に立って見物したり、現場へと駆けだしている。ジュリーはエンジンがかかったままのシトロエン２ＣＶのドアを開けた。だれも気づかない。

「乗って」とペテールに命じる。

「これに？」

「そうよ、乗るの」

「ひとの車だよ」

「いいから、乗るのよ！」

ジュリーはペテールの手を摑み、急いでなかに押しこんでドアを閉め、車を回って、運転席に滑りこんだ。またしても歯が鳴っている。

「車を盗んだんだね！」子供が大声を出す。

ジュリーはローギアに入れたときに顔をしかめた。腕に熊手の歯が食いこんだような感じだ。

「刑務所に入れられちゃうよ」とペテールがぼやいた。

ふたり組の消防士のひとりがジュリーに合図して、早く車を出せと促している。ジュリーはアクセルを踏み、環状道路に乗りだした。最初に現れた交差点を曲がり、曲がりくねった細道に2CVを乗りいれた。遠ざかる家々の屋根の上には、丸い緑の山々が浮かび、地平線を遮っている。いいわ、とジュリーは思った。これでいいんだわ……。

25

睫毛が焼け、手が真っ黒になり、ジャケットには煙とよだれの跡が付着している。トンプソンは拳銃をポケットに突っこみ、群集の流れとは逆に、人ごみを掻きわけて小さな橋を渡った。

人々は火事のほうに向かって急いでいた。新聞雑誌を売るチェーン店「メゾン・ド・ラ・プレス」から客が歩道に出て、まわりを見まわしている。押しあいへしあいで、新聞の展示板がひっくり返る。子供たちが興奮して、飛びはねながら集まってくる。災害が起こるといつでもこうだ。

建物の屋根の上に煙がもうもうと立ちのぼるのが見え、時とともにいっそう色濃く、重くなっていく。消防車のサイレンが絶えることなく鳴りひびいている。煙のなかに水しぶきが上がり、陽光にきらきらと輝いた。

炎上するスーパーの両側から、ホースの筒先がいっせいに水の攻撃をしかけていた。建物の正面に盛大に水が浴びせられ、一階の売り場も洪水のようなありさまだ。これまでとは違う抑揚のサイレンが鳴りわたり、ルノーのエスタフェットが一台到着して、このバンの後ろからすぐに憲兵たちが降りてきた。ただちに野次馬を遠ざけはじめる。しかし、消防士と憲兵の活動は、すぐ近くに立った市と、そこで買物をするため山村から大挙して出かけてきた農民の群れとに妨げられた。数多くの屋台が大通りをふさいでいたのだ。混乱と押しあいのなかで、いくつもの屋台が倒され、果物が地面に転がった。それを群集が踏みつけ、踏みにじり、その上で人々が滑り、転倒した。三連音のクラクションが執拗に鳴らされ、救急車が人ごみを割って進み、火傷を負った人々を収容した。

建物の二階の床に火が回り、残っていた人は窓から飛びおりだした。

トンプソンは上体を屈め、大股に歩いていた。振り返ることはしない。周囲の人々はまばらになっていった。外環道路に達し、出た場所はバー「フルール」から五〇メートルのところだった。

ネネスは顔いっぱいに細かい汗を浮かべ、ビールのグラスを前に置いて、テラス席に座っていた。トンプソンが近づくと立ちあがり、丸いテーブルに硬貨を置いた。店の前の歩道に、誰も乗っていないフォード・カプリが、かけっぱなしのエンジンの鈍い音を発しながら停まっている。町の中心で起こった騒動がネネスに幸いした。シムカをこっそり乗りすて、簡単に別の車を見つけることができた。町は狂ったように騒がしい。

「ココはどこに行った？」とネネスが尋ねる。

トンプソンは首を振る。乾いた唾液で唇が白い。ネネスの目が細くなった。危険な兆候だ。

「あんたが火をつけたのか？」

「あのとんでもない女だ」トンプソンは喘ぐようにいった。「スーパーに放火した。こっちも女に一発食らわせたんだが、逃げられた」

「で、ココは？」ネネスが食いさがる。

「反対側にいた。火傷するところを見た。消防士や警官がいっぱいだ。逃げろ。逃げなくちゃならん」

トンプソンは横を向き、カプリの右側のドアを開けた。その背中が目立って痙攣し、うなじの毛が逆立ち、耳が真っ赤だ。耳のなかで血ががんがん脈打っている。ネネスはトンプソンの肩をつかみ、乱暴に振りむかせて揺さぶった。

「トンプソン、弟を残して逃げるってのか?」

「私のカービン銃はどこだ?」トンプソンはゾンビのような声でいった。「私のカービンを忘れたんじゃないだろうな?」

ネネスに強く肩を摑まれながら、そんなことを気にもかけず、身を振りほどきフォードのなかをうかがった。後ろの座席にスーツケースがあるのを見て、安堵のため息を洩らす。ネネスはますます激しくトンプソンを揺さぶった。

「ココを置いてくのか!」

憲兵隊のバンが警笛を鳴らして大通りを行く。トンプソンは肩をすくめ、顔をしかめた。

「逃げなくちゃならんのだ!　どいてくれ!」

「とんでもねえ!」ネネスは叫ぶ。

トンプソンは全身の力をこめてネネスの股ぐらを蹴りあげた。ネネスは呻き声を上げて後ろによろけ、テラスの欄干にぶつかった。激痛に体を丸めながらも、安物の上着の内ポケットに手を突っこんだ。その首の両側にトンプソンが手刀を叩きこむ。ネネスはふたたび呻いて、欄干の下に尻もちをついた。目を剝いて怒り、緩慢な動きで拳銃を抜こうとする。トンプソンはネネスの腕の手首近くを摑み、手首を自分の膝でへし折った。ネネスは一瞬気を失う。

そのころ、コルトを手にしたパンツ一丁の金髪の大男はでたらめな方向に駆けていた。

「捕まえろ！　捕まえろ！」ココの後ろから追手の声が上がる。

ココは外環道路に出て、ためらった。

「放火魔だ！」追跡者はますます増え、口々に叫んでいる。「銃をもってるぞ！　気をつけろ！」

ココの火傷を負った両脚がずきずき痛む。「フルール」が見えたので、歩道に上がり、そちらに向かって走る。暗い赤のフォード・カプリがバーの前から車線を変えて、見る見る遠ざかっていく。バーのテラスの地面に座りこんだ兄の姿が見えた。ネネスは頭をぐらぐら揺らしている。酔っぱらってやがる！　とココは思った。

「止まれ！　止まらないと撃つぞ！」新たな声が上がる。毅然とした憲兵の声だ。

　ココは走る速度を上げた。

「止まれ！」

　制式拳銃の発射音が聞こえた。たぶん空に向けて撃っている。振りかえると、四人の憲兵が自分をめざして駆けている。横に一直線に並び、見事な攻撃をしかけるラグビー選手みたいだ。その後ろには、スタジアムと同じく、わめきたてる無数の観客がいる。その群れにリボルバーの残りの全弾を撃ちこんだ。三発残っていた。ひとりの憲兵が四つん這いに倒れるのを見て、ココはにやりと笑った。ほかの三人の憲兵がその場に立ちどまり、脚を広げ、腕を伸ばして狙いを定め、ほぼ同時に銃撃を開始した。

「殺《や》られる」とネネスがつぶやいた。

　ネネスは苦痛で全身をよじりながら、弟が麦の穂のように薙ぎたおされるのを見た。膝のかけらが飛びちり、ココは埃の舞うなかでのたうち、絶叫した。片脚が折れ曲がり、もう片方が変に突っぱっている。ネネスはなんとか立ちあがり、左手で拳銃を引きぬいた。弟の上を狙って撃ったが、だれにも当たらなかった。憲兵がばらばらに撃ちかえしてくる。銃弾がココの背中を突きぬけ、肉片と服の布切れを吹きとばすのがネネスには見えた。ココは関節の折れた脚を投げだして後ろに転がり、それでもコルトを手放さず、引金を引いたが、空っぽだった。ネネスははげしく息をつき、小さな目から大きな二粒の涙をこぼした。そして、銃を捨て、逮捕されるのを待った。そのとき、バーの主人がテラスに出て三歩進み、ネネスの耳のなかにショットガンの中身を二発ぶちこんだ。

26

フォード・カプリは国道496を時速一三〇キロで走っていた。トンプソンの胃は煮えた油を飲んだような感じだった。ハンドルにしがみつき、吐き気で痙攣するたびに、顎がハンドルと衝突する。

鋭いカーブが続き、減速するほかなかった。道路の舗装がでこぼこで、車が跳ねる。急ブレーキの連続で車体がつんのめり、タイヤが悲鳴を上げる。車は蛇行した。

一五キロほど走ったところで、トンプソンは乱暴にブレーキをかけ、フォードを公道から右にそれる草深い山道に乗りいれた。山道は松の茂みのあいだを登っていく。

車の轍《わだち》が粘土の道に刻まれている。車体が大きくぶざまに揺れた。激しい衝撃でトンプソンの体は前に飛びだし、フロントガラスに額をぶつけた。体勢を立てなおし、ギアを落とし、ふたたびアクセルを踏んだ。エンジンが金切り声を上げる。車の腹が道の真ん中の隆起と擦れあい、地面に四分の三ほど埋まった花崗岩に当たっている。ときどき、タイヤがぬるぬるした草の上を滑り、空転する。熱くなったタイヤのまわりに蒸気の煙が上がりはじめた。

まもなく道の両側の木の茂みが鬱蒼と濃くなった。木の枝がフォードの側面をつよく叩く。道の傾斜はますます急になる。車のボンネットがトンプソンの目の前で船の舳先《へさき》のようにもち上がる。殺し屋は歯を食いしばる。いまや車は深い森のなかを進んでいた。

ついに後輪の軸が障害物にぶちあたった。衝撃が車全体を突きぬける。車がへたりこんだように思えた。シャーシから長い軋み音が放たれる。トンプソンは左の細い道へとハンドルを切った。フォードは灌木を押したおし、二本の木のあいだに鼻を突っこみ、小さな窪地に入ってバウンドした。前のバンパーが苔と土のなかにめりこみ、エンジンが唸りを上げて高速で空転する。車体は前へ進まなくなり、トランスミッションがだめになった。車は壊れたショックアブソーバーの上で咆哮しながら息絶えた。

トンプソンはイグニッションを切った。

しばらく座席で体を動かさなかった。背中は座席に接していない。すこし前屈みになり、ハンドルに上体をあずけていたからだ。痩せた尻の筋肉が突っぱり、革の座席の縁に乗っている。痙攣は収まっていた。森の鳥のさえずりが聞こえてきた。

グローブボックスに封を切ったキャメルが一箱と、フラミネールの女性用ライターが入っていた。トンプソンは唇のあいだに煙草を押しこんで火をつけ、咳をしながら地面に降りた。まず山道に向かって引きかえす。タイヤの跡が柔らかい轍のなかに残されている。道の真ん中の草の生えた隆起部分が、むかしの犂《すき》で掘ったように大きく抉られている。だが、どうしようもなかった。フォードを隠すために急カーブして乗りいれた路肩の痕跡を目立たなくするため、窪地の側面から何度も苔の塊を運んで、そこに置いた。押したおした灌木もなんとかとり繕った。

草木が繁茂し、密生しているので、山道から車はほとんど見えない。トンプソンは車に戻り、そのまわりを一周した。小さな唸り声を洩らす。煙草が唇のあいだに貼りつき、ときおり灰が落ちて、ジャケットの上に散っていった。

フォードはもう使いものにならない。クラッチが動かず、サスペンションがいかれて、後輪の軸からねばねばした液体が滴り、苔に染みこんでいる。トンプソンはドアを開けて、車内の装備を点検した。残念ながらラジオはない。カービン銃を収めたスーツケースと、ココとネネスの二つの鞄のほか、荷物はない。後部座席の下からバッグが見つかった。数秒して、ジュリーの持ち物だと分かった。すると、吐き気がこみあげてきた。あの牝犬め！　殺せなかったことは間違いない。それはこの体で分かっている。トンプソンは痙攣するように身震いした。バッグを開けて、中身を荒々しく草の上にぶちまけた。そこに広がった品物を何度も踵で踏みつけ、踏みつぶした。小銭入れ、ハンカチ、写真が一枚、爪磨き……。

殺し屋はわれに返った。苔のなかにひざまずき、踏みつぶした品物を回収し、バッグに戻した。それからバッグを手にして、丈の高い木に覆われた藪のなかを進み、周囲の偵察に出る。

フォードがあの窪地でいかれたのは幸運だった。一〇〇メートルほど先に行っていたら、森の外に出てしまったからだ。しだいに松の茂みがまばらになり、広い空き地が見えはじめ、それから木が完全になくなった。トンプソンは細い松の茂みの暗がりにしゃがみこみ、自分の前に広がる斜面を眺めた。日をいっぱいに浴びて、遮るものもなく、上に向かって険しくせり上がっている。ぽつぽつと見える黄色とピンクの斑点は花だろう。午後の終わりの光が長い影を作り、あらゆるものに見事な浮き彫りを施している。ここに暗い赤のフォードを置き去りにしていたら、赤ん坊の額にとまった蠅のように目についただろう。

トンプソンは目をしばたきながら、白っぽい青空を見渡した。はっきりとは目に見えない靄のヴェールがかかっている。いまごろこの地方の公道は封鎖されているはずだ。憲兵隊のヘリコプターも渓谷の上を飛びまわっているにちがいない。トンプソンは肩をすくめ、灌木のなかに戻った。

迷わないように、自分の通ったあとに木の枝や小石を置き、柔らかい松の木の皮に小さな傷をつけて、ひそかな目印が続くようにした。

斜面を蛇行しながら進み、ようやく望みどおりの場所を見つけた。ぬかるんだ窪地で、なかば草に隠れるように小川が流れている。トンプソンは素手で川の縁から黒っぽい泥を抉《えぐ》りとった。小川は腐植土のなかに細い水路を穿《うが》っている。トンプソンはその水路の垂直な側面に穴を掘っていったのだ。穴が十分に大きくなると、そこにジュリーのバッグを差しこみ、踵で蹴って土のなかへ埋めこみ、その上を泥で塗りこめた。トンプソンは怒り狂ったように仕事に没頭していた。それが済んだら、ココとネネスの鞄を隠す作業に取りかかるつもりだった。手間のかかる作業だ。だが、フォードが発見されてしまえば、警察はココとネネスとのつながりをすぐに推察するだろう。トンプソンはその作業を放棄した。

フォードに戻る。妙に体が軽くなった気がする。この二日間、何も食べていない。胃が引きおこす苦痛にも慣れてしまった。

森の空き地は薄暗くなりはじめていた。トンプソンはスーツケースを開いた。カービン銃の部品がふかふかの布地に収まっている。部品に油を差し、やさしく磨きあげた。それから車のなかに座り、夜を待った。

27

ジュリーはセカンドギアに入れたまま車を走らせつづけた。右手はもうシフトレバーを操作することもできず、乾いた血がへばりついたまま体の脇にだらりと垂れている。

「痛い?」とペテールが尋ねる。

「いいえ。分からない」

「痛かったら、分かるはずだよ!」

ジュリーは首を振った。道は曲がりくねり、確実に上に登っている。カーブで方向を変えるのが難儀だった。傷ついた右手より、ハンドルを動かす左の手首のほうが痛いくらいだ。

「弾は体の外に出たの?」ペテールがふたたび聞く。

「分からない」

「出てなかったら、抜かなくちゃいけないんだよ」少年は物知りだ。

「黙っててよ」だが、ジュリーはいい直した。「いいえ、話を続けて」

「もうすぐ着くの?」

「分からないわ。地図を失くしちゃったから」

「道に迷った?」

「いいえ。地図は憶えてるわ。でも、ちょっと迷ったかしら。西に行く必要があるの。だから、太陽に向かって走ってるのよ」

エンジンが不調音を発し、咳こむような音になり、突然停止した。ダッシュボードに赤いランプが点灯する。勢いに乗って走りつづけたシトロエン２ＣＶの車内にいきなり静けさがみち、風がフロントガラスに当たってひゅうひゅうと唸る音が聞こえる。ジュリーはハンドルを放して、スターターを引いた。エンジンに点火するが、あとが続かない。シフトレバーが震え、エンジンが停まる。ふたたび急な坂道にさしかかっていた。ジュリーは小型車を路肩に寄せ、斜めに停車した。ハンドブレーキを引き、シフトレバーをニュートラルに入れ、スターターを引く。２ＣＶは長い喘ぎ声を上げる。エンジンはかからない。ジュリーはダッシュボードをにらんだ。燃料計の針が明らかにゼロより下を指している。ジュリーは声に出してため息をついたが、それがすすり泣きに変わった。

「もう動かないの?」ペテールがつぶやいた。

ジュリーは車から降りた。冷たい空気で体に震えが走る。座席から血で汚れたレインコートを取り、不器用に肩に羽織った。それから突然、道路のアスファルトの上に倒れるように座りこんだ。ペテールが車から飛びおり、ジュリーの肩を摑んで、夢中で立たせようとした。

「大丈夫よ、すぐによくなるわ」ジュリーの声はささやくようだった。

車につかまり、立ちあがる。すこしよろめいた。

「あとは歩きましょう」

「やだよ」とペテールはごねる。「もううんざりだ」

「それなら仕方ないわね」ジュリーは感情を交えぬ声でいった。「ここに置いていくわ。深い森のすぐそばだから、灰色の大きな梟《ふくろう》もいるでしょうね」

「やめて！　やめてったら！」子供は大声を上げた。「分かったよ」

ジュリーはふらつく足で歩きはじめる。あとからペテールが小走りで続く。窪んだ場所には影が濃く落ちているが、道の先にある山頂の上空はまだ銅色に滲んでいる。

道は狭く、でこぼこで、ひと気がなかった。２ＣＶでモンブリゾンを出発してから、すれ違ったのはわずかな車と数人の歩行者だけで、それも町のすぐ近くでだった。一時間かもっと前から、人の姿は見えず、小さな集落さえなかった。

ジュリーとペテールは日に照らされた山頂めざして登っていった。公道に細い山道が交差している。分岐点に杭が打ちこまれ、間に合わせの道路標示板が掛かっていた。村落の名前が記されているが、聞いたこともない名前だった。

たぶんこの山の上までは行けるわ、とジュリーは思った。それから眠って、死ぬ。もうどうにもならない。

首をがっくりと垂れて、自動人形のように歩いている。

「手を引いてよ」とペテールが頼んだ。

ジュリーは答えない。前に進む。空が靄でかすんでいる。ジュリーの後ろも、ジュリーの上も、空は青い灰色に染まっている。

山頂に着いたが、それに気づかぬところだった。だが、地面の傾斜がなくなった段差のせいで、顎が胸にぶつかった。顔を上げ、立ちどまって、よろめいた。目の前に荘厳な落日があり、ジュリーは真正面から光を浴びていた。

足元には先のよく見えない谷が広がり、木が繁っている。すぐにふたたび上り道になり、越えた山よりもはるかに高い山が現れて、目がくらみそうになった。いまジュリーのいる高度で、暗い斜面から森が消え、山の頂が緑がかった頭のように剝きだしになった。そして、落日にシルエットを浮かびあがらせ、いわば太陽に指ししめされるように、遠くに建築物が姿を見せていた。山頂の近く、緑の頭から生えたような、低く、雑然とした、化け物のように醜悪な建築群だった。

「見て、お城だよ！」ペテールが叫んだ。

「アルトグが作ったモールの塔よ」ジュリーはつぶやいた。

「でも、ぺちゃんこにつぶれてる。塔なんかじゃないよ。気持ち悪いな」

「そんなことないわ。おいで。下に降りるわよ」

道はつづら折りになって谷へ下り、それから谷のなかを通って、遠くに見える建築物とは反対の方向へ続いていた。歩きはじめたジュリーは、荒廃した車道からそれて、木々の茂みに囲まれた野原を突っきって進んでいった。下りの傾斜がきつくなり、自分の体重で引っぱられるように、駆け足になった。踵が地面を打つたび、衝撃が傷ついた腕に響く。ペテールは疲れを忘れたらしく、ジュリーのそばを飛びはねていく。

太陽がモールの塔の彼方に消えた。ジュリーとペテールは谷の底に着いた。急流が走っている。ジュリーは、影のなかで渦巻く白い泡を不安げに見つめた。ペテールが袖を引っぱる。

「橋があるよ」

ペテールはすこし上流を指さしている。丸太と板と木の枝を寄せ集めて作った間に合わせの橋だ。ジュリーはペテールのあとに付いて橋に向かった。

原始的な橋は酔っぱらったボーイスカウトが作ったような代物で、大きな丸い岩のあいだにかろうじてバランスを保って渡されていた。以前は近くの木々に縄で結びつけられていたらしいが、いまはその縄が腐って切れ、ジュリーがそっと指で触れただけで粉々になった。木製の橋の板にはところどころ穴が開いている。その下では、川の水が黒く流れ、灰色に泡だっている。

谷底はすでに暗闇だった。ジュリーは橋に足を踏みだしたとき、急流が自分の顔に息を吹きつけてくるのを感じた。橋の板の片側に作られた簡素な手すりにつかまる。橋はジュリーの下で揺れ、橋と一緒にジュリーも揺れた。自分の体重がひどく重くなったように感じる。橋の板はジュリーの体重でたわみ、軋んだ。ジュリーは急流のなかほどで凍りつき、一本の錆びた釘がペニスのように木からゆっくりと抜けていくのを恐怖に魅入られながら凝視した。橋の板に裂け目が走り、曲がった釘が空中に飛びだし、急流の泡に没する。ジュリーの足が板を踏みぬいた。体をつよく打ちながらも、橋のどこかにしがみついた。自分のまわりがぐるぐる回り、頭のなかも回っている。四つん這いで急流の泡立ちのすぐ上を進みながら、必死に目でペテールを探した。子供の呼ぶ声が耳に届いた。すでに向こう岸に渡り、じれて飛びはねるペテールが目に入った。

「ねえねえ、なにしてるの？」

橋がぐらりと傾き、ジュリーは前に身を投げた。気がつくと岸辺の泥のなかに膝をついていた。後ろでは橋がひっくり返っている。やがて片方の端が水の流れに沈む。橋全体が曲がり、流れの方向に押し流される。だしぬけに泡に巻きこまれ、岩の上で跳ね、粉々に砕けて、恐ろしい勢いで消えていった。暗闇がすべてを呑みこんだ。

泥まみれになりながら、ジュリーは斜面をよじ登った。熱が出て体が燃えるようだ。ペテールがどこにいるのか、もう分からなかった。ジュリーはただひとつの考えにすがりついていた。あと一〇〇メートル、いやあと五〇メートルで山の尾根を越えれば、目の前には花咲く広い野原があるということ。そこにはモールの塔がそびえ、アルトグが待っているのだ。

28

憔悴しきった顔のアルトグは、下唇を剝《は》げた皮膚と歯の嚙み痕だらけにして、タイル張りのテラスに出したデッキチェアにぐったりと横たわっていた。傍らの床には、ミントの葉が入った大きなグラスと、吸い殻でいっぱいの灰皿が置かれている。そばかす顔の唇から、黄色い染みの浮いた紙巻煙草がぶら下がっている。目はサングラスに隠れ、白いズボンとメッシュのシャツを着ている。

黒っぽい制服を着た運転手のデデが、アルトグのあとから忍び足でやって来た。

「新しい情報は?」歯を嚙んだまますばかす男が尋ねる。

「二人目のやくざ者が病院に運ばれる途中で死にました。検問にはまだ何も引っかかっていません。警察はヘリコプターを出して、近辺をしらみつぶしに捜索しています」

「何が起こったのか、皆目分からないな」アルトグは小声でいった。「どこへ行っちまったんだ、あのいかれた女は?」

運転手は肩をすくめ、両手をポケットに突っこんで、目を地中海のほうにさまよわせた。テラスの下で波が小石を洗っている。

29

近くに寄ると、モールの塔の外観は、写真で見るよりさらに常軌を逸していた。明らかに、前からそこにあったいくつかの建物の上に建築物が積み重ねられている。オーヴェルニュ地方で「ジャスリ」と呼ばれる山岳地帯独特の牛小屋が土台になっているのだ。だが、かつての牛小屋は、背の低いドームや凸凹の激しいテラスや不格好に積み上げられた壁や柱など、石の下に文字どおり埋没していた。このモールの塔に塔らしいところはない。山の表面に低く広がっているのだ。タイのパゴダ風寺院をハンマーで叩きつぶしたと思えばいい。

ペテールはこの建築から突きだした瘤《こぶ》のひとつに近づき、立ちすくんでいた。トンネルの入口に似た黒い穴が開いている。ジュリーも息を切らせてペテールに近づいた。体が震えている。空は紫で、影が山を覆いつくし、欠けた月が地平線に黄色っぽく浮かんでいる。

「だれもいないよ」とペテールがいった。

石ころだらけの迷宮は闇に沈んでいる。ジュリーは黒い穴に向かって進み、小石や生え放題の草に足をとられた。何かが転がり、足元で軽い音を立てる。空き缶らしい。トンネルのなかで淡い光が踊っている。先に進むと、額がビーズのすだれに当たった。すだれが揺れ、ビーズが互いにぶつかりあう。そのガラス玉や木片のあいだから部屋が見えた。左手を大きく振ってすだれを払い、敷居をまたいだ。

なかは、月並みな家具を揃えた円天井の部屋だった。キッチンテーブル、何脚かの椅子、石を張った汚い床。ペテールはジュリーにしがみついた。

「ねえ！　だれかいるの！」ジュリーは叫んだ。

エナメルを塗った壁に、籠のなかの猫を写した写真が貼りつけてあり、郵便局のカレンダーが掛かっている。カレンダーは醜悪だった。それを眺めるジュリーはよろめき、目をしばたいた。カレンダーは巨大で、まるで幻覚のようだ。ふらつきながら壁に近より、けばけばしい色の絵に手を触れた。縦の長さが五〇センチ以上ある。ジュリーは締めあげられたように鋭い声を上げ、後退して椅子に足をぶつけた。髪の毛が逆立つのを感じる。椅子の腰掛けの高さがジュリーの胸まであり、テーブルは顎の高さに達している。

「巨人のお城だよ!」ペテールが大声を出した。

ジュリーは恐怖で目を見開き、背後を振りかえり、途方もなく広い部屋の反対側の陰から、男が現れるのを見た。青いつなぎの作業服。広い額に黄色がかった髪の房が垂れている。フエンテスだった。ジュリーは後ろに一歩下がろうとして、自分が昏倒するのを感じていた。

30

火傷《やけど》するような熱さでトンプソンは目を覚ました。葉むらの隙間から太陽がじかに顔に照りつけている。汗びっしょりだ。跳ねおきてから屈みこみ、風向計のように首を動かした。だが、まわりの森は静寂に包まれている。鳥の鳴き声と風のそよぎが聞こえる。時計を見ると、止まっていた。顔を上げる。太陽の位置からすれば、すでに昼に近い午前中だ。腹を立てたように舌打ちをした。もう何年も、こんなに遅くまで寝ていたことはなかった。

立ちあがると、気分が悪かった。山に出る森の端まで歩くのもひと苦労だった。草のなかに身を横たえ、丸っこい山々を眺めた。何キロも離れた場所のそこかしこに、茶色がかった小さな斑点が目に入る。長い角を生やした牝牛の群れだ。人間は見当たらない。

トンプソンは頬を掻いた。不精髭がざらざらする。殺し屋は苛立っていた。何か腹に入れなくては。そう思っただけで胃がよじれそうだった。非常線をすり抜けて、町に戻り、医者に診てもらえたら……。点滴でも打ってもらえばたぶん体調は元に戻るだろう。

無理だ。医者は質問してくるだろう。いや、口には出さないかもしれない。この地方全体が大騒ぎになっている。「モンブリゾンの殺戮」。新聞にはそんな見出しが躍っているはずだ。トンプソンは身を起こした。立つと、脚の筋肉が細かく震えた。草に隠れた小川に向かう。そこで腹這いになって、水を飲んだ。

流れる水に口を近づけたとき、下流でなにかが跳ね、灰色の閃光のようにこちらに進んでくる。トンプソンは腕の力を抜いた。突然、後ろに転がり、草のなかに仰向けになる。手は、ばたつく鱒のえらのところを摑んでいた。トンプソンは鱒があばれるのを眺めた。引きつけを起こしたように口をぱくぱくさせている。面白い。殺し屋は魚の喉もとに両手の親指を当てがい、頭を下から押しあげた。鱒は前より激しく体を動かした。トンプソンは指の力を強め、魚の首が手のなかで折れるのを感じた。満足感がこみ上げる。ただちに、指で魚の腹を裂いた。もう動かない。鱒の脇腹にかじりついた。肉は生の貝のように味がなく、硬かった。トンプソンは急いで呑みこんだ。骨が喉に引っかかったが、意を決して食べつづけた。獲物を殺して気分が高揚しているあいだに、食べられるかぎりの肉を腹に送りこんだ。

吐き気に襲われたのは二〇分ほどあとのことだ。すでに消化が始まっていた。したがって、栄養学的には食べたものがまったく無駄になったわけではない。胃痙攣が収まってから、トンプソンはふたたび小川のほとりで、別の鱒がやって来るのを待った。鱒しかいないことはないだろう。ほかにも小動物がいるはずだ。それまでは考えもしないことだった。生まれてこのかた、狩りをしたことがなかったからだ。だが、獣を捕まえて、それから……首をへし折る。そこにとりあえずの解決策があった。食欲不振を克服する方法、生き延びる方法。しばらくのあいだ、それでいい。

31

意識をとり戻したとき、ジュリーは円天井の部屋の真ん中にひとりきりで、低いベッドに裸で寝ていた。下腹が不安でよじれた。ペテールはどこ？　彼女は呼んでみた。

「ペテール！」

自分の声がほとんど聞こえない。耳が聞こえなくなったのか。起きあがろうとしたが、肘を突っぱることもできない。起こした頭がカバーのない枕に落ちた。苦労して横向きになる。ふたたび声を出そうとした。

「ひい……」干からびた喉が鳴った。

六〇センチ先で聞こえるのがせいぜいの声だった。ジュリーの目は、石を張った床、田舎の酒場のテラスでよく見かける穴の開いた赤いプラスチックの椅子、そして、剝きだしの石を積んだ大きな壁、そこにはめこまれたガラス扉を見た。外にはまばゆい光が満ちている。ガラス扉の向こうは、溢れんばかりの白さのなかに、乳色の影がいくつか見えるだけだった。

しばらくして二度目に意識をとり戻すと、光はオレンジ色に変わっていた。ジュリーはベッドの端ににじり寄り、床へ落ちた。腕に鈍い痛みがあった。手で触れてみる。上腕に応急圧迫包帯が巻きついていて、右肘を曲げることができない。フエンテスがオレンジ色に輝く扉口に現れた。

「地べたで何をやってるんだ？」フエンテスは尋ねた。

「人殺し！」ジュリーは声にならない声で叫び、何か武器を探したが無駄だった。

フエンテスは屈みこんで、ジュリーの体を摑んだ。上半身裸で、白いキャンバス地のズボンを穿いている。ジュリーをベッドに戻すとき、ふたりの肌がじかに触れあった。

「ペテールはどこ？　アルトグは？　あなたの望みはなんなの？　わたしを犯すつもり？」

しゃべると消耗した。男がベッドの毛布を直してくれるのが分かった。

「眠ることだ。何も心配することはない」

ジュリーはもう一度ペテールがどこにいるか聞きたかったが、赤ん坊のように唾の泡を噴くことしかできなかった。それから何度か、短いあいだ意識を回復したが、外が明るいこともあったし、夜のこともあった。フエンテスがストローでスープを飲ませてくれた。しかし、スープを喉につまらせ、ほとんど胸にこぼしてしまった。胸はもう剝きだしではなかった——古い男もののシャツを着ているように思われた。一度ペテールを見た気がするが、かつらをかぶっているようだったから、夢だと考えるほかなかった。

「しゃべれるようになったわ」ジュリーははっきりといった。

目が覚めて、そんな言葉を口にしたことに驚いた。フエンテスがベッドの端に腰かけている。カーキ色のショートパンツに、青りんご色の東欧風のシャツ。髭が密生し、目のまわりに隈ができている。

「ともかく、熱はなくなった」とフエンテス。

「でも、ぜんぜん力が入らない」ジュリーは答えた。

傷に触ってみる。大きな四角い絆創膏が貼ってある。そんなに痛くない。

「ダムダム弾で撃たれたことを知ってたか?」フエンテスは尋ねた。「弾《たま》の破片が肉に残ってたんだ。俺が抜いといた。ほかの破片は外に出たらしい。腕が残ってるのは運が良かったってことだ。どこのくそ野郎がこんな真似をした？」

「トンプソン」とジュリーは答えた。「あら！　あいつのことを知ってるのね！」

「ああ」と男は応じた。「ペテールが説明してくれたよ。俺が殺し屋のボスだろうとかなんとか」

「ペテールったら。……あの子をどうしたの？」

フエンテスは黄色い髭を掻いた。音がする。

「丘で遊んでる」

「信じられない」

「信じて損はない」

ジュリーは引きつるような笑い声を上げた。フエンテスも笑いだした。青りんご色のシャツのポケットからジターヌ・マイスを取りだし、一本つけた。

「あんたにはやらないよ。咳きこむからな。まだ無理だ」

「長いこと、ここに寝てたの？」

「まもなく一週間になる」

ジュリーは言葉にならない叫びを発した。フエンテスは肩をすくめた。

「殺さなかったぜ。というか、看病してやったんだ」

落ち着いた声で、日にちを数えあげた。短い指を折って見せたりはしなかったが。

「この事件の犯人は俺じゃない。ペテールの話では、あんたでもない。だが、あの子の話だけでは、はっきりしたことが分からないんだ。なにしろ子供だからな。夢みたいな話をしてくれた。ギャングの集団とか、火事とか……。あんたから話してくれ。そうしたら信じるから」

ジュリーは話した。ガラス扉から太陽がいっぱいに差しこんでくる。光のなかを埃が舞っている。フエンテスがつよく煙草を吸うたびに、紙がまだらに焦げる。ジュリーが話しているあいだ、フエンテスの顔は暗くなっていくように見えた。

「あんたの話には」とおもむろに口を開いた。「なんでも出てくるんだな。おまけに、最後はゴルゴタの丘か。お城めざして登ってきたってわけだ。俺を見たとき、びっくりしたろうな」

ジュリーはうなずいた。体の内側から力が抜けていくのを感じた。

「ここはな」とフエンテスは続ける。「俺の家なんだ。アルトグのものだったことは一度もない。あいつが造ったわけでもないしな」

「アルトグは全然違うことをいってたわ」

「ああ。あの犬畜生。うす汚い犬野郎めが」

「やめて！」ジュリーは叫んだ。

　フエンテスは心外な顔をした。ひどく疲れてみえる。

「今度は俺が話す番だ。昔むかしふたりの若者がいた……。いいか。昔むかし、ふたりの若者がいた……」

32

　昔むかしふたりの若者がいた。アルトグとフエンテス。ともに建築家で、一緒に組んで仕事をしていた。金には苦労していたが、まあまあうまくやっていた。頭が切れるのはフエンテスのほうだった。自惚《うぬぼ》れかもしれんが。アルトグはあとから付いてきた。それで文句はなさそうだった。事務所がやっていけたのは、アルトグのおかげだった。やつの一族は金持ちで、設計を発注してくれた。施工に移されることは滅多になかったが、金払いはすごく良かった。

突然、アンス＝ペテールとマルグリット・アルトグが飛行機事故で死んだ。アルトグは若くして大金持ちになった。自分が設計した建築を実現することができるようになったんだ。そのころから仲がぎくしゃくしはじめた。フエンテスとアルトグの仲だ。フエンテスは工場や労働者の住居を建てる気はなかった。だが、フエンテス自身の望みもよく分からなかった。そもそもフエンテスはだんだん働く意欲を失っていった。

アルトグはフエンテスと別れた。アルトグはアルトグ財団の金を管理していた。建築は片手間仕事だった。やつが設計したのは、美術館がひとつに、工場がいくつか。フエンテスは怒り狂った。どうして俺が仕事を続ける必要がある？　こんな話は、すでに小説や、キング・ヴィダーの映画の題材になっているじゃないか。フランク・ロイド・ライトの生涯をネタにして、ゲーリー・クーパーが出たやつだ。

フエンテスはもう建築家として働くことをやめた。ゲーリー・クーパーにならって、工事現場で臨時雇いの仕事をした。肉体労働、石工、ときには現場監督だ。フランス中央山塊にあった家畜小屋を買いとり、暇を見つけては、建築を始めた。もちろん、酔っぱらっていないときの話だ（このころには、フエンテスは大酒を食らうようになっていたからな）。いかれた迷宮みたいな代物を建てはじめたんだ。

ついでにいっておくと、パリで酔っぱらっているときには、ときどきアルトグのところに出かけていった。俺のアイデアを盗みやがって、とやつを罵るためだ。たまには、顔を張りとばしてやった。

ジュリーは啞然として話を聞いていた。フエンテスは立ちあがり、部屋を出て、まもなくビール瓶を持って戻ってきた。ビールをらっぱ飲みし、椅子にはもう座らなかった。部屋を大股で歩きまわり、大きな身ぶりとせせら笑いで話に景気をつけた。

いちばん笑えたのは、アルトグがフエンテスに嫉妬していることだ。思ってもみないことだった。だが、やつが妬いているのは火を見るより明らかだった。このいかれた迷宮の写真を撮って、書類入れにしまいこんでいたんだから。そして、あんたからこの建物が美しいといわれたとき、自分の隠れ家だと自慢したんだろう。馬鹿なやつだ。えせインテリめが！

フエンテスは大笑いし、それから咳きこみはじめた。止まりそうもない様子だった。

33

いまジュリーは血で汚れた自分のショートパンツと男もののシャツを着て、シャツの袖をまくりあげている。フエンテスの腕を借りて、また歩くことができるようになっていた。スーパーに火をつけて逃げてから、九日になる。桁外れに大きい家具を備えた部屋をじっくりと眺めまわした。ここに到着した日の夜、この部屋で気を失ったのだ。

「ただの思いつきだった」とフエンテスは説明した。「大人になると、子供のころどんな感じだったか、忘れてしまうだろ。だが、ここにいると、また身長が一二〇センチの時代に戻った気がするんだ。あんたも仰天しただろう」

「そのせいで、わたし……」

ジュリーは巨人の椅子によじ登った。小娘のように思わず噴きだした。ビール瓶を手にしたフエンテスは冷笑するような顔でジュリーを見ている。城砦の銃眼のように細い窓から、ペテールの姿が見える。この迷宮から五〇メートルほどのところだ。フエンテスがあり合わせの材料で作ってやった弓で矢を飛ばしている。ジュリーはすっかり変わったペテールの姿を信じられない思いで眺めた。この一週間で、ペテールは茶色く日に焼け、体が締まり、髪の毛が濃くなり、身のこなしが変わっていた。いまは花々のあいだを走っている。自然に帰ろうと謳いあげるCMの一場面のようだ。

「わたしはもう帰れる体力が戻ったと思うわ」自然が好きでないジュリーはいった。

巨大な椅子から降り、ビーズのすだれをくぐり、瓦礫の上をよろよろと歩く。太陽は相変わらず燦々《さんさん》と輝き、ふたたびジュリーの顔に正面から照りつけた。フエンテスが後ろから付いてくる足音が聞こえた。

「帰れる場所なんてないだろう」フエンテスが声をかける。

「真っ直ぐ警官たちのところに行くわ」

「歩いていくには遠いぞ」

「車は持ってない？」

振りむいてジュリーが尋ねる。フエンテスは首を振った。

「前は古いジープが一台あった。あると便利なんだ。だが、ある晩酔っぱらって、涸れ谷に落としてしまった。また金を貯めなくちゃならない。厄介なことだ」

フエンテスは空になったビールの小瓶を慎重に壁ぎわに置いた。

「俺の窯《かま》を見せてやるよ」

ふたりは迷宮に沿って歩いた。完全に水平に横たわる階段があった。ジュリーは高さ三メートルのずんぐりした円形の塔の上の、外側からは人が入れない庭園にも目を止めた。

「ここなら何週間だって、何か月だっていられるんだぞ」その考えがうらやましいとでもいうように、フエンテスはいった。

「わたしのバッグには写真が入っているのよ」ジュリーはフエンテスに思いださせた。

「あいつらは遅かれ早かれその意味に気がつくわ。ここにやって来るのよ」

「歓迎する用意はある」とフエンテス。

ふたりはフエンテスの窯のところに来ていた。迷宮の壁にへばりついた石と漆喰《しっくい》の水ぶくれみたいなものだ。下から煙が出ている。

「どういう意味?」ジュリーが尋ねた。

「ライフルが一丁あるってことさ」

「あなたはトンプソンがどんな男か分かってないわ。恐ろしい男なのよ。ライフル一丁で止められるもんですか」

　フエンテスはせせら笑った。

「ライフルはどんなやつでも止める」

「分かってないわね。知らないうちに襲いかかって、わたしたちを殺してるわよ」

「ホラー映画の見すぎだよ」とフエンテスは応じた。

　窯にはふたつ取出し口があり、フエンテスはそのひとつを開けた。錆びついた金属製の分厚いハッチだった。

「俺はこのハッチをノルマンディのトーチカで拾ったんだ。見ろよ。ここから薪をくべるんだ」

　フエンテスは開口部の奥に見える熾火の上に薪を乗せた。ジュリーは窯の石の壁を触ってみた。石が熱くなっている。

「この上に俺の壺が入ってるんだ。そっちのハッチは開けない。まだ焼いてる最中だからな。不格好な壺さ。やることなすこと失敗ばかりだ」

　フエンテスは小さいほうの取出し口を音を立てて閉めた。

「薪はいくらでもある」とフエンテスはいった。「ちょっと下に行けばいいんだ」

上半身裸で薪を割るフエンテスをジュリーは思い描いた。楽しい想像だった。

「明日、山を降りるわ」ジュリーはいった。「明日、警官たちのところに行く」

「一緒に行ってやるよ」とフエンテス。「全部説明し終わる前に犯人扱いされるのがおちだぞ。それに、どうしておまわりがあんたのいうことを信じる？　いずれにしても、だれかの助けが必要だ。弁護士を世話してやるよ」

「警官に会うのはもう怖くないわ」ジュリーはいい切った。

そこから一〇〇メートル離れた花畑で、ペテールは遊び、楽しそうに歌を歌っていた。

34

アルトグは地中海に向けて置かれたデッキチェアでますます長い時間を過ごすようになった。唇をつよく嚙みすぎたため、皮膚が腫れあがっている。色の薄い睫毛の瞬きも通常より速い。海に視線を遊ばせている。遠くでヨットがのろのろと海を滑る――風が弱いからだ。もっと岸辺の近くでは、ずんぐりした一艘の小さな手漕ぎボートが波の上で揺れていた。

　デデが郵便物を運んできた。

「封を切って、読んでみてくれ」アルトグが命令する。

　デデは最初はためらったが、胸ポケットから爪磨きのナイフを抜きだし、封筒を開いていった。そして、そばかす男の傍らの低いテーブルに郵便物を放りだしながら、内容を読みあげた。

「地方の納入業者の請求書……『エロスの殉教者列伝』とかいう叢書の予約申込書……ミス・ボイドからの報告書」

「読んでくれ」

「ええと。拝啓、ご報告申し上げます……」

「大声を出すな」アルトグは遮った。「まず読んでみて、大事なことがあったら教えてくれればいい」

　デデは黙りこみ、立ったまま、二枚の便箋にざっと目を通した。

「ミス・ボイド曰く」ようやくデデは口を開いた。「社長がいないので、不都合なことが山積しています、とのこと。それからペンディングになっている案件を列挙しています。社長のご事情は理解申し上げますが、ぜひともパリにご帰還いただくか、決定権をこちらに委任していただきたい、と」

「あの女はいったい何に首を突っこんでるんだ?」アルトグはわめいた。

デデは返事をせず、その手紙を封筒に戻し、低いテーブルの他の手紙の上に載せた。

「分かった、もういい、なんとかなるだろう」とそばかす男はいった。「誰も通さないでくれ」

「承知しました」

デデは足音を立てずにテラスを出ていった。とうに主人への尊敬の念は失っていた。この一件でアルトグは完全に打ちのめされている。信じられないことだ。以前はまったく気にかけてもいなかったがきなのに! がきとあのいかれた女に再会できる可能性が薄くなったことは事実だ。だが、だからどうだっていうんだ? がきはとんでもない腕白坊主だった。デデにしてみれば、いかれた女のほうが気にかかる。きれいな女だし、面白いところもあった。

デデは別荘の玄関に腰をおろして、「プレイボーイ」誌を開いた。ここに陣取って、アルトグに近づこうとする人間を食いとめるのが彼の任務なのだ。

アルトグはデッキチェアに寝転がったまま、ひとり海にむかって、目を閉じ、身を硬くしていた。浜辺の小石が擦れる音を聞いて身震いし、上半身を起こした。ずんぐりした小さなボートが先刻よりずいぶん接近している。実際、アルトグから四メートルのところに上陸していた。トンプソンが浜に足を下ろそうとしている。痩せて、色褪せた古着をまとい、肩に大きな袋を背負って、密生した髭が顔を覆っている。だが、アルトグはひと目で自分の雇った殺し屋だと見抜いた。

アルトグはデッキチェアから降りるとき、低いテーブルにむこう脛を強くぶつけたが、それにも気づかなかった。

「気でも狂ったのか」とアルトグはいった。「こんなところまで何をしに来たんだ?」

トンプソンはテラスに足を踏みいれた。靴を履いていない。床に濡れた足の裏の跡が残る。アルトグは神経質に周囲を見まわしたが、こちらを見ている人間はだれもいなかった。

「あいつらは死んだのか?」と小声で尋ねる。

腫れあがった唇が興奮で震えている。トンプソンは首を振った。アルトグも反射的にトンプソンの仕草をまねたが、口が半開きになっている。そばかす男は逃げ場を失った子供のような顔をした。トンプソンの襟を摑んだ。その手首をトンプソンはすげなく払いのけた。アルトグは後ずさりして、殺し屋を見た。これが殺し屋なのか？　畜生！　はらわたが煮えくりかえる！　この一件は考えに考えぬき、何か月もかけ、様々な障害者をまわりに集めて、ようやくそれが自然に見えるようにしたのだ。そうしたところで、あのいかれた女ががきと逃げだして、がきを吊るし、自分の首も吊るはずだった。なんてこった！　こんなにすばらしい計画が、この能なし、この下っ端、この出来損ないのおかげで、ぶち壊しになるとは。そのとき突然、アルトグはトンプソンの様子に気づいた。こいつは限界に来ている。髭の下の頰はげっそりとこけ、目は落ちくぼんで血走っている。

「静かにお話しできませんか？」トンプソンはいった。「どこかで、何時間か、人の目を気にせず話しあいたいのですが？」

「君と何時間も話しあうことなどない」とアルトグはつっぱねた。「とっとと出ていってくれ。あいつらを殺すはずだったろう。そして……そして……」

アルトグはタイルの床で地団太を踏んだ。

「殺しますよ」トンプソンはひどく疲れた声でいった。「それで自分が死ぬことになっても、ふたりを殺すつもりです。ただ、話がしたいんです。情報が必要だからです」

「必要な情報はすべて伝えたじゃないか」アルトグは弱いが甲高い声で答えた。「行ってくれ。出てってくれ。話すことはない」

「アルトグさん、一点だけ、建築に関して。それは……何かの建物なんです。迷宮のような。フランス中央山塊にある」

アルトグは狂人を見るような目つきになっていた。

35

日が落ちてきた。デデは「プレイボーイ」を置き、別荘の台所に向かった。アルトグは外出したいという素振りを見せない。運転手はまたもや自分で夕食の用意をしなければならなくなった。不平の言葉を洩らしながら、白い戸棚とひどく大きい冷蔵庫を開けた。買い置きの食料が減っている。アルトグがデッキチェアからほとんど動かなくなって、一〇日以上になる。デッキチェアを離れるのは、デデが作ってやるなんの変哲もない卵料理かステーキの類をテーブルの隅で食べるときだけだ。

今回、デデはいんげん豆と肉の煮こみの缶詰を選んだ。引出しを開け、缶切りを探す。そのとき、壁の向こうから叫び声が聞こえた。別荘の造りは頑丈で、防音の装備も施してある。そのため、交錯する声から言葉を聴きとることはできなかった。だが、あれはテレビの声ではない——大型テレビは別荘の反対の端に据えつけてあるし、ポータブルテレビは故障していた。

運転手はインターフォンを取って、親指でサロンの呼出しボタンを押した。通話器の向こうから返事はすぐには来なかった。

「なんだ?」ようやくアルトグの声が答える。

「声が聞こえたんですが、もしかしたら……」

デデは躊躇した。向こう側でアルトグもためらっている。運転手には主人が息を切らしている音が聞こえた。

「客が来ているんだ」とアルトグは口を開いた。「商売の話だ。浜のほうから入ってきた。だれも通さないでくれ。秘密厳守だよ、アンドレくん、秘密厳守」

「承知しました」

「ちょっと待ってくれ……。アンドレ、ちょっと町まで出て、鶏か兎を買ってきてくれないか？　生きてるやつを頼む。帰ってきたらインターフォンで知らせてくれ」

「承知しました」

「今日はそれだけだ。急いでくれ」

「承知しました」

デデは通話器を置いた。ばかじゃないか。生きている兎だなんて！　運転手は玄関に戻り、鍵掛けからフィアットのキーを取って、別荘を出た。入口の扉に施錠した。秘密厳守、秘密厳守だよ……。

客間のアルトグは運転手より早くインターフォンを置いていた。立ったまま、電話の脇の壁に肩をもたせかけていた。その正面の肘掛け椅子にトンプソンが座り、背を丸め、腿のあいだに手を垂らしている。

「で、それをいつ思いだしたんだ、その写真のことだが？」

「一昨日です」と殺し屋は答えた。「いいですか、私はすべてを検証し直していたんです。問題の解決策につながる手がかりを探して。しかし、なぜかそのときまで写真のことを思いださなかった。というのも、あれは住所のメモとは違う……。すぐに思いだせるようなものじゃなかったんです。それに、一度しか見なかった。しかも、あの写真を見たとき、怒りでわれを忘れていた」

「それで？」

「写真の裏に、『フランス中央山塊』と書かれていました。範囲が広すぎる。探そうにも探しようがないと思ってしまいました。われながら浅はかだった。でも、あなた、建築家のあなたなら分かるかもしれない、と思いなおしたんです。一度見たら忘れられない建築でしたから」

「忘れられない」アルトグはいった。「たしかにそうだ」

そばかす男は落ち着きをとり戻していた。

「どこにあるか、教えてもらえますね？」殺し屋は聞いた。

「知らないんだ」とアルトグ。「君の能のなさに変化はないようだな」

トンプソンは立ちあがった。長く汚い爪の生えた指で密生する髭を神経質にひっかいている。

「私は女子供を殺すしか能のない男なんですよ」トンプソンがいった。「あの女とがきを殺せなければ、私のほうが死んでしまう」

「いまの君に必要なのは、ちゃんとした精神分析を受けることだ。心因性の胃潰瘍までできているじゃないか。いいか、金をやるから、消えてくれ。君の好きなところに行ったらいい。ただし、ここからうんと遠いところだ」

トンプソンは首を振った。アルトグは壁から離れ、青灰色のカーペットの上を大股で歩いた。手を腰の後ろで組み、顎を胸に引きつけ、考えこんでいる様子だった。

「やっとお会いできたんですから」トンプソンは食い下がった。「ご好意には感謝しますが、私はただ仕事を終わらせたいだけなんです。そのためにも情報が必要なんです」

「あの女はあんな場所には絶対に行かないと思うよ」アルトグは妙にやさしい声でいった。「行ったとしても、もういないだろう」

アルトグは書き物机のようなものの後ろに回り、すばやく引出しを開けた。そこから、トンプソンを殺すためのアルミニウスを出した瞬間、みぞおちにクリスタルの灰皿の一撃を食らった。ラバに蹴られたような衝撃だった。アルトグは体を二つに折って倒れこんだ。引出しにしがみついたが、引出しごとひっくり返った。カーペットの上の、手から三〇センチのところにアルミニウスがあった。アルトグは苦痛に体を丸めながら、転がってリボルバーを掴もうとした。だが、トンプソンは拳銃を蹴り、拳銃は壁沿いに滑って、そこから三、四メートルも遠くに行ってしまった。

「アルトグ、冷静に考えることだ」そういうトンプソンに怒った様子はまったくなかった。

アルトグの上に屈みこみ、体を支えて椅子に座らせた。そして、慣れた手つきで腹をマッサージしてやり、緊張をほぐす手助けをしてやった。アルトグの苦痛は耐えがたいほどではなくなり、息を吐きだした。

「反射神経は確かだな」アルトグは意見を述べた。

「信用できると分かったでしょう」殺し屋は応じる。

アルトグはゆっくりと立ちあがり、床を眺めていた。歪んだ笑いを浮かべている。

「仕方ないな」とアルトグはつぶやいた。「だが、私も一緒に行くぞ。あの山には、ひとり男がいる、その男は……。しゃべるな！　私に最後まで説明させろ」

トンプソンは書き物机に寄りかかった。

「くずだ」アルトグはささやき声で続けた。「あいつが女に何をしゃべったか、よく分かっている。あいつの考えも分かっている。私は人殺しだ、違うか？　年端もいかない女と子供を殺させようとしている。金のためだ、金のため。だが、それだけじゃないぞ、トンプソン。私は美を創造しているのだ。前にもいったとおり」

　そばかす男は体を震わせた。

「あいつは、女と子供と一緒にあの山にいる。私を告発するために警察には行かないだろう。なぜなら、私を待っているからだ。私の命が欲しいのさ、トンプソン。私には分かってるんだ」

「分かってると？」

　アルトグはうなずいた。

「三人とも殺さなくてはならん。がきと、女と、あいつだ」

「それなら、二万フランの追加になりますが」とトンプソンはいった。

「かまわんよ」アルトグは答えた。「そうしてもらおう」

36

アルトグとトンプソンは合意に達した。殺し屋は体を洗い、髭を剃り、髪を整え、清潔な服に着替えた。アルトグの衣裳箪笥には、客の急場しのぎのために、自分の体格とは関係なく標準サイズの服を揃えてある。トンプソンは、白いズボン、船員が着る安物のニットシャツ、青いブレザーを選んだ。太い口髭と短いあご髭を残してあった。英国海軍の予備役軍人――いささか不眠症ぎみの――といった感じだ。目の下が腫れあがり、頬は落ちくぼみ、皮膚はかさかさだった。

日が暮れたころ、運転手のデデが戻り、インターフォンでアルトグを呼んだ。アルトグは自分のねぐらから起きだして、運転手が手に入れた赤褐色の牝鶏を受けとり、自分で客間に運んだ。トンプソンは牝鶏を摑むと、浴室に閉じこもった。アルトグはトンプソンを見張ろうとはしなかった。殺し屋から身体上の問題について聞いていたからだ。そんなものは見たくない。

トンプソンが戻ってきたとき、顔にも衣服にも一滴の血も着いていなかった。牝鶏の羽根と残骸は生ゴミのディスポーザーが呑みこんでくれた。

アルトグのほうは、その情景を想像して、しばらく食欲が湧かなかった。トンプソンと一緒に、フランス南西部の地図を広げた。殺し屋とそばかす男がいまいるのは、スペインとの国境のすぐそばだった。モールの塔に行くために取るべき道筋を確定し、必要な時間を計算した。夜明けに仕事にかかることで、ふたりの意見は一致した。フィアットに乗って外出し、翌日の夜まで帰らない、とアルトグはデデに告げた。午後一〇時ころ、そばかす男と殺し屋は真っ直ぐ車庫に降り、そのまま出発した。

そのころ迷宮では、ジュリーがすやすやと眠っていた。

37

ジュリーは上体を起こした。物音で目覚めたのだが、夢のなかの音かもしれない。カーテンの向こうに白い光が見える。腕時計は五時三〇分を示している。夜明けだ。夜明けに起きる気はさらさらなかった。褐色の髪の頭をもう一度カバーのない枕に落とした。廊下でふたたび小さな物音がした。大きな鼠が立てるような音だ。ベッドを出て、ショートパンツをはいた。寝室の敷居をまたぐ。廊下の蒼白い薄明のなかで、弓を抱えたペテールが、落とした矢を拾っていた。

「ベッドに戻りなさい！」

「眠くないんだよ！」

「起きるには早すぎるわ」

「今日で最後なんだから」と子供は抗弁した。「帰るんでしょ。これからはどこで弓を引けばいいの？」

ジュリーは指で髪をかきあげた。

「そうだった！　仕方がないわね」ジュリーは大きく息を吐いた。「コーヒーを淹れるわ、ともかく」

「そのあいだだけだから」と大声で答えながら、ペテールは廊下を駆けだした。「弓を引いてくるよ！　コーヒーができたころに戻ってくる！」

廊下を走っていく。

「ペテール！」

姿が消えた。

「ったく！　しょうがないなあ」ジュリーはつぶやいた。

寝室に戻り、ベッドに腰かけたものの、もう寝なおす気はなかった。カーテンを開いた。空は乳白色で、草花は露を含んでいる。ペテールは風邪を引くぞ、と思った。ほんとに！　困った子だ。ジュリーは寝室を出て、廊下を通り、中庭のテラスに出た。

庭の真ん中を小川が流れている。歯を磨き、顔を洗い、それから六角形をした台所に行って、コーヒーメーカーをブタンガスのコンロに載せた。コーヒーが入りはじめたころ、台所のふたつの窓ガラスは陽光で黄色く照らされていた。

コーヒーが完全にできあがると、ジュリーは台所の窓のひとつを開いた。そこからペテールに声をかけようと見回したが、山の野原にペテールの姿は見えなかった。彼は野原の縁の向こうに行っていたのだ。野原の下の、木の繁った窪地に粘土の小道が通っている。フィアットはそのぬかるみにはまりこみ、トンプソンとアルトグは車を引きだすのに難渋していた。ふたりともひどく機嫌が悪かった。予定の時間に遅れていた。この二時間ばかり、車での通行がほとんど不可能な、形ばかりの道で何度も迷い、望みの場所にどうしても行きつけなかった。

松の茂みごしなので、車とふたりの男の姿はペテールにはよく見えなかった。だが、駅馬車が立往生しているのだろうと考え、用心して音を立てず、身を隠しながら近づき、悪い白人にいつでも矢を放てるように用意していた。

ジュリーはコーヒーをボウルに注ぎ、口をつけて、すこし火傷した。ボウルを置いて、台所を出る。廊下と部屋の迷路で迷いそうになった。フエンテスの寝室に入る。

建築家くずれはカーキ色のショートパンツ姿で、ベッドに仰向けに横たわっていた。部屋の半分はビールの空き瓶に占領されている。胸にもビールをこぼしたらしい。胸毛がべとついて見える。鼾《いびき》もかいている。ジュリーは男を見つめた。憐憫に失望がいり混じる。フエンテスが若い美男ではなく、自分に手を出そうとしなかったことを残念に思ったのだ。そんなことをすれば、抵抗し、顔を引っかいてやっただろう。いずれにせよ、男にはなんの興味もない。だが、それでもちょっと残念に思ったのだ。

残念がっているとき、最初の銃声が響いた。

「くそっ！」トンプソンは怒っていた。「このくそ車が。あの迷宮みたいな建物まで、あとせいぜい数キロだと思う。歩いていこう」

「ことが済んだら、できるだけ早く立ち去らなければならない」とアルトグは反論した。「だったら車が必要だろう」

そういって、苛々しながらも、力を振りしぼって松の枝を折り、フィアットのタイヤの下に差しこんでいった。トンプソンは肩をすくめ、キャンバス地でできた船員用の合切袋《がっさい》を車から降ろし、そこから武器収納用のスーツケースを引っぱりだした。それを後部座席で開き、丁寧にカービン銃を組みたてていった。弾倉はいっぱいにつまっている。カービン銃を手に、トンプソンは微笑みながらふり返った。その瞬間、五〇メートル先の地面すれすれの枝のあいだに、ペテールの顔が見えた。殺し屋は身震いした。胃の出血が始まった。同時に肩に銃を当て、引金を絞った。朝日がかすかに草の露を蒸発させ、光をわずかに屈折させていた。弾丸は子供の顔の真ん中から逸れて、耳を引きちぎった。

38

ジュリーはどきりとして、真後ろを振りむいた。発射音を聞いて一秒もしないうちに、それが銃声かどうか分からなくなった。窓に駆けより、野原を見まわした。野原は日光を浴び、高い茎の上にピンクと黄色の花が点在している。ペテールの姿は見えない。

「起きてよ！」ジュリーは後ろも向かず、まだ眠るフエンテスを大声で呼んだ。

ペテールは弓と矢をしっかり抱え、全力で斜面を駆けあがっていた。悲鳴を上げるという考えさえ思い浮かばなかった。それほどショックと恐怖で金縛りになっていた。

ちぎれた耳から血が噴きだしている。トンプソンは全弾をペテールに浴びせたが、弾は松の枝のなかで跳ねまわり、松葉や木のかけらや露や松脂のしずくをそこらじゅうに撒きちらした。一発もペテールに当たらない。殺し屋は苦痛に体を折り、しゃっくりしながら不器用に引金をひき、胆汁と混じって泡立つ血液をカービン銃の上に吐いた。

「この馬鹿野郎！」アルトグが怒鳴る。

トンプソンは聞いていなかった。行手を遮る枝々のなかに真っ直ぐに飛びこむ。松の枝が彼を叩き、枝の棘が顔をひっかく。トンプソンの後ろには、ねばつくピンクの唾液がおぞましく長い糸を引いて枝に引っかかる。粘液は朝日にきらめいている。トンプソンは飛ぶような勢いで斜面を登った。撃鉄が空を打ったので、すこし減速した。顔をしかめ、足を動かしつづけながらポケットを探り、銃弾をひとつかみ取りだし、それを口にくわえた。斜面を登りつづけ、同時にカービン銃から弾倉を外し、器用に弾をこめていく。装塡する銃弾は胆汁と血にまみれている。

ジュリーはフエンテスを乱暴に揺りおこした。

「もう！　ほっといてくれ！」フエンテスが唸る。

「起きてよ、お願いだから！」

ようやく上体を起こした。

「何だってんだ？」

「ペテールが大変よ！　あいつらが襲ってきたの！」

フエンテスは目に手を当て、息を吐いた。ジュリーの体は痙攣している。神経発作の前兆だ。

「あんたのライフルはどこ？」

アルトグは、突進していくトンプソンから泥にはまった車に目を移した。歯がみしたまま悪態をつき、フィアットの車内に体を入れて、アルミニウスを掴み、ウールの上着のポケットにS&W32口径の銃弾をひと箱ねじこんだ。殺し屋のあとを追って駆けていく。

トンプソンが銃弾をこめるあいだ、ペテールは剝きだしの地面を三〇メートル走りぬけ、野原の縁に到達していた。そこからほぼ一〇〇メートル先のモールの塔に向かって疾走し、声をかぎりに悲鳴を上げた。ついに目から涙がほとばしった。

フエンテスは力まかせに戸棚を開けた。戸棚の隅の壁に散弾銃が縦に立てかけてある。フエンテスは膝をつき、戸棚の下の雑多な物のなかを慌てて探った。缶詰に、絵画や建築の雑誌に、あらゆる形の紙の箱。

「畜生！　弾《たま》をどこへやった！」フエンテスは焦っていた。

トンプソンは急な傾斜を四つん這いで登り、咳と吐き気に体をゆすぶられながらも、カービン銃を抱え、水が入らないように銃口に人差指を突っこんでいる。アルトグが追いつき、追いこし、濡れた草のなかで滑った。

わめきつづけるペテールは、モールの塔に近づいている。

フエンテスは目当ての箱を探しあて、勢いこんで蓋を開け、中身を床に撒きちらした。ほぼ円筒形の銃弾で、底部が黄色、本体が緑がかった枝葉模様の厚紙製。マニュフランス社の４×60Ｃの散弾だ。フエンテスは銃を鷲づかみにして、弾をこめはじめた。四発装塡できる。

「そんなものがライフルだっていうの？」ジュリーはそう叫ぶと、部屋を出て、台所に走った。

「そうとも、ライフルだ」フエンテスは真面目くさってつぶやいた。

ペテールは迷宮めざして走っていた。顔の右側は血まみれだ。それを窓から見たジュリーは呻き声を上げげた。肉切りナイフを摑む。

「こっちに来て！」フエンテスに向かって怒鳴る。

フエンテスは六角形の台所に入ってきた。パンツ一丁、上半身裸に裸足のままで、髪が目のところまで束になって垂れている。散弾銃を手にして、途惑ったような顔つきだ。ジュリーに近づき、窓からペテールを見た。ペテールは叫びながらこちらに走ってくる。子供の六〇メートルほど後ろが野原の縁で、そこからアルトグとトンプソンが姿を見せた。

「トンプソンだわ」とジュリー。

「アルトグもだ」

「まさか……」

トンプソンは脚を広げ、銃を構えた。フエンテスが散弾銃の銃身を窓に叩きつけ、ガラスが崩れ落ちる。フエンテスが撃った。アルトグは地面に這いつくばった。トンプソンはカービンの銃身を担ぐと、横に駆けだした。

「気をつけて」ジュリーがいう。「あなたの死角に入りこむつもりよ」

フエンテスは答えず、二発、三発と撃った。セミオートマチックなので、一発ごとに遊底を操作しなければならない。半ば焼けた厚紙の薬莢と底部が飛びだし、台所の床で跳ねる。アルトグの近くの一、二平方メートルの範囲で、草と花々が二度揺れた。アルトグは慌ててしゃがみこみ、小さい蜘蛛のような変な格好で逃げた。

「トンプソンに気をつけて！」ジュリーがフエンテスの腕を引っぱって声を張り上げる。

トンプソンは身を屈め、横飛びを繰り返しながら走っている。一方、ペテールは真っ直ぐ台所に向かってくる。

「小僧が邪魔だ！」フエンテスが叫ぶ。

ペテールが滑って転倒する。フエンテスは息を吐き、引金を絞る。アルトグの影が空中を跳ぶ。軽業師《かるわざし》みたいだ。一瞬、足が頭より高く上がり、ぬるつく草地に激突して、転がった。トンプソンのほうはモールの塔の一角に遮られて、死角に入っている。

「やったぜ！」フエンテスが小躍りする。

ジュリーは急いで台所を出た。フエンテスは薬莢を弾きだす。アルトグは草のなかでうごめいている。フエンテスは周囲を見まわす。

「弾はどこだ！」苛立って叫ぶ。

ジュリーはもう台所におらず、答えは返せない。野外に出て、泣いてのたうつペテールに向かって駆ける。子供は弓も矢も放していない。ジュリーが塔の敷地を出ようとしたとき、何かが右足をつよく払った。激しく仰向けに転倒した瞬間、銃の発射音が野原すれすれに響きわたった。すぐに立ちあがり、ペテールを引っぱって開いた扉に飛びこんだ。枝の折れるような音を発して弾が入口の壁にめりこみ、次の銃声が炸裂した。「最初の一発で、右の靴のヒールと靴底が完全に吹っとんだのだ」ジュリーは他人事のようにそう思った。足の裏が焼けるように痛い。トンプソンは塔の反対の端から足に当てたのだ。トンプソンはすでに塔のどこかに達したらしく、窓を打ちやぶる音がジュリーの耳に届いた。ジュリーはペテールのちぎれた耳を見た。頭はなんともない。

「走って、隠れるのよ！　早く！」ジュリーはペテールを前に押しやった。

ペテールは数歩進んで、ジュリーのほうをふり返った。涙を流し、手をジュリーに差しのべる。

「隠れて！」ジュリーは金切り声を上げた。

この威嚇がペテールに恐怖を思いださせた。ペテールは廊下を駆けていく。ジュリーは立ちあがり、台所へと走る。

肩の骨を折ったアルトグは、なんとか立ちあがった。いまはアルミニウスを左手に持っている。おぼつかない足取りで、トンプソンのあとから死角に入りこもうとする。

トンプソンは窓を破ってモールの塔の内部に侵入したところだった。暗い廊下沿いに疾走し、肩から扉にぶつかると、小川の流れる中庭に出た。部屋の壁に張りつきながら、全速力で壁から壁へと移動する。たえず片足を軸に回転し警戒する姿は、滑稽なほど模範的な殺し屋のそれだった。すべての反射神経が通常の二倍は働いている。屋根のない中庭を独楽《こま》のように通過し、扉をくぐり、空っぽの部屋に入った。歯が軋み音を立て、眼窩で目玉が回転する。あご髭がねばついている。よだれを垂らしていた。

ジュリーは台所に戻った。フエンテスはもういない。自分の戸棚に戻って、弾を装塡していたのだ。銃を構えて立った瞬間、戸口にトンプソンが現れた。フエンテスは見知らぬ顔を見てなぜか狼狽した。引金にかかった指がためらった。トンプソンは、相手の銃弾の軌道を避け、片膝をついて倒れこみながら、一発でフエンテスの脛骨を粉砕した。フエンテスは土の床に転倒し、苦痛の叫びを発した。

「銃を捨てろ」トンプソンは命令した。「女と子供がどこにいるか、教えるんだ」

フエンテスは首を振った。トンプソンは狙いも定めず、腰だめのまま相手の右肘に弾を撃ちこんだ。関節が粉砕される。フエンテスは悲鳴を上げる。傍らの柔らかい地面に散弾銃が落ちた。

「馬鹿な真似はやめろ」とトンプソン。

左の親指でフエンテスは銃の引金を引いた。地面すれすれに散弾が発射され、土と小石を吹きとばし、トンプソンの足をすくった。殺し屋はカービン銃を落としそうになったが、片手で取りおさえた。もう片方の手で、扉の縁につかまる。倒れなかったのは奇跡だ。呆然とし、よろめきながら、信じられない面持ちで、ずたずたに引き裂かれた自分の足を見た。足の大部分がなくなり、骨と肉がシチューのように混じりあい、血が水道みたいに噴きだしている。

「あんたを傷つける気はなかった」トンプソンは悲しそうだった。「あの子供と、女だけでよかったんだ。女はどうしても殺さなきゃならない。あんたには分からないだろうが」

苦痛に身をよじりながら、フエンテスは左手で散弾銃の遊底を動かそうとした。トンプソンは肩で扉の縁に寄りかかり、三発目を撃った。弾はフエンテスの胃を貫通した。そのとき背後からジュリーが現れ、肉切りナイフを殺し屋の腰に突きたてた。

39

アルトグはふらつきながら迷宮の奥へと進んでいった。肩は麻痺している。頭もぼんやりして、熱でこめかみの血管が脈打っている。だが、心はほとんど満ちたりていた。この風景が気に入っていたのだ。巨大な家具の部屋を通り、たぶん地下道だろう、暗く湿った通路をくぐり、それから階段を上って空中庭園にたどりつき、植物のいっぱいに繁るなかで戸外の空気を満喫した。見晴らしに最適のこの場所から、アルトグは、モールの塔を形づくる屋根と屋上のテラスと小さな中庭の迷宮を一望した。そして、フエンテスに羨望を覚え、あの男を殺さねばならぬことを思いだした。アルミニウスは左手に持っている。アルトグは花々のあいだにしゃがみこんで、情勢をうかがった。壁の向こうの、遠くない場所から、銃声が聞こえてきた。四発を数え、アルトグは待った。

40

トンプソンが急に振りむいたため、ナイフの柄がジュリーの手から離れた。ナイフの刃を腰に突きたてたまま、トンプソンはよろめきながら部屋の真ん中に一本足で立っている。恐怖で蒼ざめたジュリーは、口を開いたまま戸口で凍りついたようになったが、歯を食いしばっていた。仰向けに倒れたフエンテスは全身血まみれで、ぴくりとも動かない。

トンプソンは奇妙な渋面を浮かべ、カービン銃を構えようとしたが、平衡を崩した。銃に松葉杖のようにすがりつき、体を二つに折ると、脇の下から銃床が突きだしたように見えた。腰ではナイフの柄が震えている。

ジュリーは逃げだした。

全力をふり絞って廊下を走り、唇を引きつらせ、心のなかで叫び声を上げた。

「あばずれ、殺してやるからな！」とトンプソンは口に出していった。つづいて無数の猥褻な罵詈雑言が彼の口から溢れでた。立ちあがる。顔じゅうの筋肉がちぐはぐに緊張と弛緩を描いている。吹きとんだ足のことは忘れていた。泥まみれのカービン銃を振りかざし、残った脚で歩いて、ジュリーの追跡に乗りだした。

ジュリーは階段に飛びこんだところだった。その一瞬、トンプソンはジュリーの踵を目撃し、踵はすぐにかき消えた。屋上のテラスに出た。出口がないのを見て、不安の叫びを洩らした。すると、アルトグが空中庭園の花のなかからびっくり箱の悪魔のように飛びだし、左手を持ちあげた。銃の閃光が目を射る。ジュリーは激しい衝撃を感じ（くそ、今度は左腕だ）、半回転して階段に倒れこんだ。一段一段撥ねながら転がり落ち、金切り声を上げた。

「アルトグおじさん！」屋上のテラスに現れたペテールが大声で呼んだ。

アルトグはふり返り、一〇メートル離れたところに甥を見つけた。震えが止まらない。自分で人を殺すことの重大さに思い至らず、すぐまたアルミニウスを構えた。

その下では、トンプソンが、自分にあれほどの苦痛をあたえた娘が階段を転落するのを見ていた。銃を持ちあげ、娘の心臓を狙って、撃った。銃口には泥が詰まっていた。カービン銃は破裂し、殺し屋の両手と顎を引きちぎった。トンプソンは鼻から床に突っこみ、息絶えた。

「くそじじい」ペテールはそういって、叔父の顔面に矢を送りこんだ。

尾翼のない矢はバランスを崩し、目標に向かって斜めに進み、目に突きささった。そばかす男は不意をつかれ、引きつった子犬のような悲鳴を上げ、後ろへ跳ねとばされた。その下には地面がない。仰向けにひっくり返って、三メートル下の陶器を焼く窯に頭から激突した。その衝撃で、大きな石片をつなぎあわせた窯の天井が抜けた。つなぎ方は雑で、漆喰はもろい。石片とアルトグはもろともに真っ赤に焼けた陶器と釉薬《ゆうやく》の上に落下する。今度は窯の中仕切りが裂け、すべてが一緒になって熾火《おきび》になだれこんだ。アルトグの赤毛は燃えあがり、服にも着火する。体液が一気に沸騰し、蒸発していく。しばらくのあいだ、崩れた石の堆積がもぐら塚のように動いていた。それから、すべての動きがやんだ。

41

その後、フエンテスは何度も手術を受けねばならなかったものの、一命を取りとめた。ジュリーは一週間厳重な監視のもとに置かれ、彼女のこみいった説明が検証に付された。もちろんその前に、ジュリーは残った力をかき集め、数キロの道のりを歩いたあげく、羊飼いの男を見つけて、助けを乞う必要があった。さらにその後、精神病院に入ってしばらく施療を受け、それからこの広い世界のどこかに姿を消した。二度とペテールにもフエンテスにも会うことはなかった。

だがその前に、ペテールは迷宮の屋根の上から、煙を吹く瓦礫のなかで黒焦げになる叔父の死体を眺めていた。どうして叔父が悪党の仲間入りをしたのかはよく分からないが、あのそばかす男はいつも大嫌いだったので、べつに大した出来事には思えなかった。

そして、屋上の見張り台を降りて、ジュリーが消えた階段に向かった。こうして、子供の無意味な冒険は終わりを告げる。ペテールは意を決して階段を降り、すすり泣くジュリーを見つけた。

「死んでないよね」ペテールはいった。「けがをしただけだ」

ジュリーはペテールを見つめ、しゃくりあげるように泣きながら、つよく抱きしめた。いつアルトグが現れるかもしれないという考えに怯えて、言葉が口から出なかった。暑苦しくなったペテールはジュリーの腕を振りほどいた。廊下を歩いていき、トンプソンのおぞましい死体を興味深げに覗きこんだ。

「お前は死んでる」ペテールは宣告した。

その確認のため、弓の先端で死体を突っついた。さらに廊下の先に進み、フエンテスを探したが、建物のなかで迷子のようになってしまい、重傷のフエンテスを発見することはできなかった。ようやく戸外に出ると、そこは陶器を焼く窯に面した一角だった。空気が澄みきって、すごくいい天気だ。撃ちあいのせいで家へ帰るのが遅れたことを喜んでいた。耳に触るとひどく痛かったが、アルコールで消毒されるのはご免だ。それでまた、インディアンごっこに出発した。

解説

中条省平

ジャン＝パトリック・マンシェットは、フランスで「ネオ・ポラールの法王」との異名を捧げられる重要な小説家です。

「ポラール」とは「ポリス」から派生した言葉ですが、警察の捜査小説だけでなく、広く探偵小説、推理小説、犯罪小説をさすフランス語です。

それでは「ネオ（新たな）・ポラール」とは何でしょうか？　「ニュー・ジャズ」や、映画の「ヌーヴェル・ヴァーグ（新しい波）」といった呼称を見ればわかるとおり、ある芸術ジャンルのなかで、それ以前の約束事を完全に打ち破る展開があったとき、こうした「新しい」を意味する形容句が付けられます。「ネオ・ポラール」の場合は、一九六八年の五月革命が大きなきっかけでした。

あらゆる規則、前提、秩序に異議申し立てを突きつける五月革命の精神は、ミステリーの世界にも浸透しました。そして、従来の遊戯的な謎解きや、類型化したギャング小説を嫌った若い世代の作家たちが、犯罪小説に生々しい社会的・政治的要素を取りいれ、残酷な暴力や露骨な性の描写も恐れることなく、歪んだ現実や狂った犯罪を描きはじめたのです。

その立役者がマンシェットです。彼が、ジャン＝ピエール・バスティッドとの共作による"*Laissez bronzer les cadavres!*"（『死体なんざ日干しにしておけ』・未訳）と、単独執筆の第一作である"*L'affaire N'Gustro*"（『ヌ・ギュストロ事件』・未訳）を発表した一九七一年を、記念すべき「ネオ・ポラール元年」と呼ぶことができるでしょう。この二作は、名門ガリマール社のミステリー文庫である「セリ・ノワール（暗黒叢書）」から出版されました。

＊　＊　＊

マンシェットは一九四二年にマルセイユで生まれ、子供時代はパリ近郊のマラコフで過ごしました。そして、パリ大学ソルボンヌ校で英語、英米文学を専攻しましたが、中退します。その後は様々な仕事をこなしつつ、左翼の政治活動に参加したり、イギリスでフランス語を教えたり、ポルノ映画のシナリオを書いたり、ジャズ・サックス奏者をめざしたり、子供むけの小説を執筆したり、英語の小説を翻訳したりと、紆余曲折の人生を歩みはじめます。

しかし、一九七〇年にガリマール社のドミニク・オーリー（ポーリーヌ・レアージュの筆名で『O嬢の物語』を書いた男性）の助言に従って、「セリ・ノワール」のための犯罪小説の執筆を始めます。こうして、前述の『死体なんざ日干しにしておけ』と『ヌ・ギュストロ事件』が生みだされたのです。

本書『愚者《あほ》が出てくる、城寨《おしろ》が見える』（一九七二年）は、それらに続いて「セリ・ノワール」で発表された第三作で、一九七三年の「フランス推理小説大賞」を受賞し、マンシェットの名声を決定づけました。

この小説はまもなく日本でも岡村孝一氏によって『狼が来た、城へ逃げろ』という邦題で翻訳されました（早川書房）。独自のべらんめえ調を駆使する岡村氏の名訳に乗せられ、私もマンシェットの開いた新たなミステリーの世界に魅せられ、熱狂しました。そこには、アメリカのハードボイルド小説とはひと味ちがう、激しい暴力と背中あわせの、ニヒルで荒涼とした犯罪美学があったからです。

しかし、あまりに独創的な岡村訳はタイトルから誤訳を含んでいました。原題はÔ dingos, ô châteaux! といい、dingo という単語を岡村氏は「ディンゴ＝オーストラリアの野生犬」の意味で取ったらしいのです。そこから「狼」という訳語が生まれたのでしょう。しかし、dingoは現代のフランス人がよく使う俗語で、「頭のいかれた（人）」という意味なのです。この小説が精神病院を舞台として始まり、また、精神や肉体に異常をきたした人々がある大金持ちの家に集められるという話が重要な伏線になっているからです。

同時に、Ô dingos, ô châteaux! というフランス語の原題は、ただちにÔ saisons, ô châteaux!（「おお季節よ、おお城よ！」）という文句を連想させます。そう、アルチュール・ランボーの『地獄の季節』の有名な一句です。マンシェットはその言葉をもじったのです。『地獄の季節』は岩波文庫版の小林秀雄訳がいちばん有名ですが、この一句に関しては、中原中也訳の「季節《とき》が流れる、城寨《おしろ》が見える」という独創的な翻訳も非常によく知られているでしょう（もっとも、この中原中也訳が小林秀雄の白水社版の訳文を頂いたものだということが最近分かりましたが）。

というわけで、本書の『愚者《あほ》が出てくる、城寨《おしろ》が見える』という一見奇妙な邦題は、ランボーの詩の一節をもじったマンシェットに倣って、「季節《とき》が流れる、城寨《おしろ》が見える」という中原中也の訳をもじったものなのです。

＊　＊　＊

本書のヒロインであるジュリーは、精神病院に収容されていた患者です。それがアルトグという大金持ちの企業家に雇われ、アルトグの幼い甥であるペテールの世話係をつとめることになります。アルトグは、精神的、肉体的にハンディキャップを背負った人々に職業をあたえるという社会的慈善家の一面をもっていたからです。

しかし、ペテールの誘拐を企てる凶悪なギャングの四人組が現われ、その誘拐計画が失敗したことから、ジュリーとペテール対ギャング団の必死の逃亡と追跡のドラマが始まります。その結果、彼らが通りすぎたあとには、次々と狂気のごとき殺人と破壊の痕跡が残されていくことになります……。これが『愚者《あほ》が出てくる、城寨《おしろ》が見える』の主な筋立てです。

たしかにジュリーの行動には奇矯なところがありますが、ギャングやアルトグらの行動も彼女に劣らず狂っていて、人間の行動に正常と異常の境界線を引くことなど可能だろうか？　という問いがこの小説全体を貫いています。

ここには明らかに、すべての価値判断を相対化してしまった五月革命の爪痕が見えています。その意味で、この小説は、ポスト五月革命の世代による「善悪の彼岸」の物語であり、アンチモラルな生存競争の寓話という側面をもった作品です。

さらに、ジュリーたちとギャングの追いつ追われつの主筋に加えて、アルトグの思惑と、アルトグを憎むフエンテスという男の復讐劇が絡み、出てくる人物はことごとくdingoというべき奇人・変人たちですから、物語の筋はもつれにもつれます。

小説全体に一触即発の狂った空気がみなぎり、発作的な暴力描写が炸裂し（マンシェットの作品発表より少しあとに深作欣二や中島貞夫が撮る東映の現代物の犯罪映画に通じる感覚が感じられます）、物語の突飛な展開は良識ある読者の予想を裏切り、にもかかわらず、心にくい伏線が精妙に張りめぐらされるなど、マンシェットの小説作法は晴れやかなまでに冴えわたり、それと同時に、従来の小説の枠をぶち破るような野蛮な活力にも満ちています。

何よりも見事なのは、無駄な言葉を徹底的にそぎ落とした文体です。マンシェットはフロベールの影響を受けたと語ったことがありますが、彼の文体は、「フロベールとハメットの婚姻」とでも呼びたくなるような独創的な達成を見せています。フロベールの精妙な文体とハメットの荒削りな文体がダイレクトに接合された趣きなのです。

ダシール・ハメットに始まるアメリカのハードボイルド小説は、ヘミングウェイの文体を範にとり、心理的な説明を排して、登場人物の行動の叙述によって物語を進めました。マンシェットは、そうした「行動主義」の小説の系譜のおそらくもっとも極端なケースといえるでしょう。

とはいえ、マンシェットは登場人物の心理を語らないわけではありません。しかし、マンシェットの登場人物の心理は内部から分析されるのではなく、行動のように外側から記述されるだけなのです。不可解な行動がそのまま記述されるように、不可解な心の動きがそのまま記述されるのです。心理によって行動を正当化することもなく、行動によって心理を絵解きすることもありません。ここには、心理と行動が乖離《かいり》するのが人の常態だというマンシェットの人間哲学が見られます。

ハメットはたしかにハードボイルド小説の行動主義文体を開拓しましたが、彼が描く人間たちは基本的に古典的な欲望（とくに金銭欲）に従って行動します。したがって、彼らの人間像に不可解なところは何もないのです。ハメットの描く登場人物たちは、心理と行動が不可分に結びつき、人間的というより、むしろもっと機械的に反応する存在です。

これに対して、もっぱら心理と行動が乖離する人間像を提示するマンシェットは、ハードボイルド小説の現代を切り開いたといっていいでしょう。

そのことの深い意味は、マンシェットが五二歳の若さで亡くなってから十数年経ったいま、ようやく明らかになりつつあります。例えば、現代フランスの純文学を代表する小説家のひとり、ジャン・エシュノーズは、マンシェットが現代作家にあたえた影響とその重要性をことあるごとに強調しているのです。

＊　＊　＊

日本では、先に触れた岡村孝一訳によって、一九七〇年代半ばに『狼が来た、城へ逃げろ』と『地下組織ナーダ』“*Nada*”（早川書房）が翻訳され、このときマンシェットに熱狂したファンは、私を含めてけっして少なくなかったはずですが、岡村訳のべらんめえの名調子によって、登場人物の極端な奇人ぶりばかりが目立ってしまい、人間存在の脆弱さという主題や、緻密きわまる小説の構成、そして、繊細かつスピーディでありながら、ときとして病的なまでに偏執的にたたみかけるマンシェットの文体の魅力が見えなくなってしまいました。

そのせいか、アラン・ドロンの主演・初監督でマンシェットの小説“*Que d'os!*”が映画化されたとき、その映画『危険なささやき』の日本公開（一九八三年）にあわせて、藤田宜永氏による同名の翻訳が急遽出版されたことはありましたが（早川書房）、それを唯一の例外として、マンシェットはいつのまにか日本では忘却の淵に沈んでしまいました。

一方、マンシェット自身も、一九八二年に最高傑作と目される『眠りなき狙撃者』“*La Position du tireur couché*”を出したあと、文体にも構成にも完璧を求める完全主義者ぶりが災いして、一〇年以上におよぶ沈黙に入ることになります。

私はこのことがかねてから残念でならず、とうとう新作を出さぬままマンシェットが亡くなった一九九五年にたまたまフランスで暮らしていたので、翌年に帰国するなり、今は亡き「天才エディター」こと安原顯氏にお願いして、後期マンシェットの代表作を一度に三作、翻訳・出版するという無謀な企画を通してもらいました（学習研究社）。

女殺人者の行動をクールに記す『殺戮の天使』*"Fatale"*（野崎歓・訳）、エリート管理職の男がいきなりギャングとの戦いに巻きこまれる『殺しの挽歌』*"Le petit bleu de la côte ouest"*（平岡敦・訳）、引退を決意した殺し屋の最後の戦いを描きだす『眠りなき狙撃者』（拙訳）というラインアップです。我ながらとんでもない傑作が勢ぞろいしたものだと思います。

反応の一例を挙げておきますと、『'98年版 このミステリーがすごい！』（宝島社）の「匿名座談会」で、『眠りなき狙撃者』についてT氏からこんな言葉を頂戴したことが忘れられません。

「フランス・ミステリーでは、わたし、J＝P・マンシェットの、三冊の中でとくに最後の『眠りなき狙撃者』に感銘受けちゃいました。それは中条（省平）さんの訳がいいということかもしれませんけど。これこそ印象批評ですけど、読んでいて、ここまで自分の気持ちが殺伐とするかというぐらいの荒涼感がある。つらいものがあるんですけど、長さがそれほどでないから。単純なことから複雑な何かを引き出していくのが、ちょっとハイスミスっぽかったりするんですけど、ハイスミスよりもっと荒涼としている。最終章、嗚咽しちゃいました」

とはいえ、一部の読者には大いに喜んでもらえたものの、期待したほどの反応は返ってこなかったというのが正直なところです。

ですから、本書『愚者《あほ》が出てくる、城寨《おしろ》が見える』の新訳によって、かつてのファンだけでなく、若い読者にマンシェットの真価を発見していただきたいというのが、訳者の切なる願いです。

＊　＊　＊

『愚者《あほ》が出てくる、城寨《おしろ》が見える』は、一九六八年の五月革命の直前に、マンシェットの妻メリッサによる物語のアイデアを基にして構想されました。

二〇〇八年に入ってマンシェットの『日記　１９６６〜１９７４』という本がガリマール社から出版されたので、当時の様子を日記で読むことができるのですが、マンシェットが考えだした最初のプロットは、完成した『愚者《あほ》が出てくる、城寨《おしろ》が見える』とほとんど変わっていません。
ところが、執筆計画は難航を重ね、タイトルも『たやすい獲物』などと何度か変わったあげく、『愚者《あほ》が出てくる、城寨《おしろ》が見える』が出版される一九七二年五月までには、なんと四年以上の歳月が必要でした。集中して執筆に専念した一九七一年の日記にも、こんな記述が見出されます。
「五月一二日から『たやすい獲物』の仕事をしていない。ほんとに困ったものだ。すぐに再開して今から六月末までには完成するよう頑張ろう。せめて下書きだけでも」（五月二九日）
「『たやすい獲物』の最後の数十ページで足踏み。リズムの問題が色々出てくる。仰天するようなやり方で不意にフエンテスを登場させねばならない。楽じゃない」（八月二八日）
「冒頭が長すぎるので、全体にわたって引き締める。この本が完成するまで、まだまだひどい目に合うだろう」（九月一八日）
「『たやすい獲物』の執筆。獲物はたやすくない」（九月二一日）

こうした執筆の困難を乗りこえて完成された『愚者《あほ》が出てくる、城寨《おしろ》が見える』はマンシェットの真価が十全に発揮された傑作として評判を呼び、先にも述べたように一九七三年の「フランス推理小説大賞」を受賞します。それから一〇年にわたって、マンシェットはフランス・ミステリーの未来を開拓していくことになるのです。

なお、『愚者《あほ》が出てくる、城寨《おしろ》が見える』が評判を呼ぶとすぐに映画化の計画がもちあがり、最初はマンシェット自身による脚色が試みられました。しかし、この計画はまもなく挫折し、結局、『シンデレラの罠』で有名な作家セバスチアン・ジャプリゾが脚色を完成し、イヴ・ボワッセ監督、マルレーヌ・ジョベール主演という布陣で、Folle à tuer（『いかれた女を殺せ』・日本未公開）として完成されました。惨憺たる出来栄えの映画でしたが、このことは逆に、表面的なストーリーだけを取りだせばマンシェットの小説の本質的な魅力が失われてしまうことを意味しています。小説で読まなければその本当の面白さは分からないということです。

ちなみに、マンシェット単独執筆の小説は八作のうち六作が映画化されていますが、成功したのはクロード・シャブロルによる『地下組織ナーダ』（日本未公開）だけで、この映画ではシャブロルの得意とする狂気じみた人間描写がマンシェットの小説の雰囲気にうまく合致して、一見に値する怪作に仕上がっています。

また、マンシェットの小説を偏愛することで知られるアラン・ドロンが、先に言及した『危険なささやき』のほか、『殺しの挽歌』をみずから脚色した『ポーカー・フェイス』と、『眠りなき狙撃者』を同じく脚色した『最後の標的』に主演しています。この二作は日本では劇場未公開ですが、テレビ放映されたのち、上記のタイトルでビデオ発売されました。

マンシェット年譜

※マンシェットの誕生日が一二月一九日のため、見出しの年齢はその年の誕生日を迎える前のもので表記しました。

一九四二年
一二月一九日、マルセイユに生まれる。

一九四五年　二歳
マンシェット一家はパリ南郊のマラコフに移り、そこでマンシェットは子供時代を過ごす。強圧的な母親の意向で、グラビア女性誌の子供モデルをつとめたこともあった。

一九六〇年　一七歳
哲学部門でバカロレア（大学入学資格試験）に受かり、パリのアンリ四世校で、文科系最高のエリート校であるエコール・ノルマル・シュペリユール（高等師範学校）への入学準備学級に入る。

一九六一年　一八歳
のちに妻となるジョルジェット・ペトカナス（ほどなくメリッサと改名）と出会う。彼女はＩＤＨＥＣ（パリ映画高等学院）の学生で、マンシェットに「セリ・ノワール（暗黒叢書）」や英米の犯罪小説を教えた。

一九六二年　一九歳
エコール・ノルマルの受験に失敗し、パ

リ大学ソルボンヌ校で英語と英米文学を専攻する（学士号取得には至らない）。このころチャーリー・パーカーへの傾倒からアルト・サックスを吹きはじめる。また、統一社会党、共産主義学生同盟に参加し、アルジェリア独立を支持する政治活動をおこなう。
一〇月三〇日、メリッサとの間に息子のトリスタンが生まれる（この子はのちにドゥグ・ヘッドラインの筆名で映画評論家となる）。

一九六五年　二二歳
イギリスに行き、盲学校でフランス語を教える仕事につく。

一九六六年　二三歳
文筆活動で生計を立てはじめ、様々な映画やテレビの仕事、とくに探偵映画やポルノ映画（マックス・ペカス監督）のシナリオ執筆をおこなう。

一九六七年　二四歳
テレビで少年向けの連続冒険物『地球を歩く者たち』の脚本を書き、そのノベライゼーションでも成功する。

一九六八年　二五歳
メリッサのアイデアを基に『こども狩り』という小説を着想し、これがのちに『愚者《あほ》が出てくる、城寨《おしろ》が見える』として結実する。
八月三日、メリッサと正式に結婚する。

一九六九年　二六歳
生活のために雑多な文筆活動をおこなうかたわら、『こども狩り』を『たやすい獲物』と改題し、最初の草稿を書く。また、メリッサのIDHEC時代の友人だったジャン＝ピエール・バスティッドと“*Laissez bronzer les cadavres!*”（『死体なんざ日干しにしておけ』・未訳）の執筆を計画する。

一九七〇年　二七歳

ガリマール社のドミニク・オーリーの助言で「セリ・ノワール」に『死体なんざ日干しにしておけ』と“*L'affaire N'Gustro*”（『ヌ・ギュストロ事件』・未訳）を送り、出版が決定する。

一九七一年　二八歳

『死体なんざ日干しにしておけ』が二月に、『ヌ・ギュストロ事件』が四月に相次いで刊行される。

『たやすい獲物』の執筆に専念し、一一月に脱稿する。

一九七二年　二九歳

五月、『愚者《あほ》が出てくる、城寨《おしろ》が見える』“*Ô dingos, ô châteaux!*”刊行。

一一月、『地下組織ナーダ』“*Nada*”刊行。

一九七三年　三〇歳

『愚者《あほ》が出てくる、城寨《おしろ》が見える』がジャン＝ピエール・モッキー監督により映画化されることになり、モッキーと共同脚色の仕事に入るが、結実しない。

『地下組織ナーダ』の映画化のために、クロード・シャブロル監督と共同脚本を執筆し、順調に進行する。

五月、「セリ・ノワール」第五作、探偵タルポンを主人公とする"*Morgue pleine*"（『死体置場はいっぱい』・未訳）が刊行される。

ほぼ同時期に『愚者《あほ》が出てくる、城寨《おしろ》が見える』が「フランス推理小説大賞」を受賞して、マンシェットの名声は一挙に高まる。

一九七四年　三一歳

一月、クロード・シャブロル監督『地下組織ナーダ』公開。

一九七五年　三二歳

二月、イヴ・ボワッセ監督、マルレーヌ・ジョベール主演で『いかれた女を殺せ』（『愚者《あほ》が出てくる、城寨《おしろ》が見える』の映画化作品）が公開される。

一九七六年　三三歳

一〇月、探偵タルポン・シリーズの第二作『危険なささやき』"*Que d'os!*"が発表される。

一九七七年　三四歳

一月、『殺しの挽歌』"*Le petit bleu de la côte ouest*"刊行。

『殺戮の天使』"*Fatale*"が「セリ・ノワール」から拒否され（おそらく娯楽性に乏しいという判断だろう）、同じガリマール社から一般小説として、人気マンガ家タルディの描く女殺し屋の表紙を付して刊行される。

一二月、風刺ユーモア雑誌「月刊シャルリ」でシュトー・ヘッドラインの筆名でミステリー時評「ポラール」を書きはじめ、一九八一年九月まで続ける。「マンシェット」というフランス語の普通名詞には、「手による強打」および「新聞の大見出し」の意味があるので、それを日本語（手刀）と英語で表したことが、シュトー・ヘッドライン なる奇妙な筆名の由来である。

一九七八年　三五歳
仕事による過労とアルコール耽溺のせいで、広場恐怖の症状を呈する。

一九七九年　三六歳
八月、風刺ユーモア雑誌「週刊シャルリ」で映画時評「ミイラの眼」を始めるが、広場恐怖症のせいで外出することができず、映画を見てきた息子トリスタンの報告に基づいて批評を書いていた。

一九八〇年　三七歳
六月、風刺ユーモア雑誌「ハラキリ」で『眠りなき狙撃者』"*La Position du tireur couché*"の連載が始まる（八一年四月まで）。

一九八一年　三八歳
アラン・ドロンが、まだ完成しない小説『眠りなき狙撃者』の映画化権を取得する。

一九八二年　三九歳
一月、『眠りなき狙撃者』が「セリ・ノワール」から刊行される。
クロード・シャブロル監督のために自作『殺戮の天使』の脚色を始めるが、映画化計画は挫折する。

一九八七～八八年　四四～四五歳

アラン・ムーア原作、デイヴ・ギボンズ作画によるアメリカン・コミックスの記念碑的作品『ウォッチメン』をフランス語訳する（全六巻）。

一九八九年　四六歳

冷戦期の世界各国を舞台にして、数巻からなる大作『悪い時代の人々』を構想し、以後、その第一巻 *“La Princesse du sang”*（『血の王女』・未訳）の執筆にうちこむ。

一九九一年　四八歳

膵臓に腫瘍が発見され、手術を受ける。

一九九三年　五〇歳

健康を回復し、『血の王女』執筆のため、キューバで調査旅行をおこなう。

一九九五年　五二歳

一月、肺がんの手術を受ける。

六月三日、逝去。

一九九六年

『血の王女』が未完のままで、また、「月刊シャルリ」のミステリー時評が『クロニック』と題して、それぞれ死後出版される。

二〇〇五年

『殺しの逸歌』がタルディの作画により長篇マンガとして刊行される。

訳者あとがき

ジャン＝パトリック・マンシェットの小説が初めて日本に紹介されたのは昭和四九（一九七四）年のことでした。ハヤカワ・ミステリ、通称ポケミスの一冊として刊行されたのです。私は一九歳でした。

なぜその本を手に取ったかといえば、そのころ推理小説に夢中だった若者の常として、ポケミスの新刊はいつも深甚なる興味の対象でしたし、ともかく『狼が来た、城へ逃げろ』というタイトルが異色でした。訳したのはジョゼ・ジョバンニの『おとしまえをつけろ』や『墓場なき野郎ども』の名訳者・岡村孝一で、〈フランス推理小説大賞受賞作〉という惹句が躍れば、これは即、買い！　でした。

読んでみて仰天しました。こんなにすごい小説がこの世にあるのか、と思いました。ジェームズ・ハドリー・チェイスやミッキー・スピレインが色あせるほどのスピードと暴力、人間存在のすべてをせせら笑う残酷なユーモア、そのうえに、荒涼として切々たる抒情が脈打っていました。ものすごい作家が出たものだと大いに感心し、次の『地下組織ナーダ』にも十二分に満足しましたから、日本でのマンシェットの紹介がそれっきりやんでしまうとはまったく信じられませんでした。

当時、私はまだフランス語ができなかったので、原語でマンシェットの小説を読むなどということは考えたこともありませんでした。

それがどういうわけか二〇歳を過ぎてフランス語を学び、フランス文学を専攻する学生になり、フランスに留学することになりました。それでパリの本屋の棚を見ると、ゴダールやトリュフォーの映画であこがれた「セリ・ノワール（暗黒叢書）」の黒い表紙のミステリーがずらりと並んでいるではありませんか。そのなかにマンシェットの名前が！　懐かしい。ほぼ一〇年ぶりの再会でした。まずは当時の最新作『眠りなき狙撃者』の原書を買って読むと、これが面白いのなんの。次に『狼が来た、城へ逃げろ』の原書を読んでみました。

それでほんとうに驚いたのです。私が鮮烈に記憶していた岡村孝一訳のマンシェットとはまったく違う雰囲気の世界がそこには繰り広げられていたからです。

奇人・変人が入り乱れて大騒ぎする、やけどするほどホットな世界というのが岡村孝一訳の印象でしたが、フランス語で書かれたマンシェットの小説は、ひたすらクールで、高山のように稀薄な空気のぴんと張りつめた世界だったのです。

そのときから、岡村孝一訳の名人芸は名人芸として楽しむことにして、フランス語で読むマンシェットのクールな快楽と戦慄を日本語に移すことができないだろうか、と考えるようになったのだと思います。

そして、さらに一〇年ほど経って、ふたたびパリに長期研究滞在したおり、マンシェットの急死という事態に遭遇したのです。

日本でニュースを聞いただけだったら、あれほどのショックは受けなかったでしょう。主な新聞の死亡記事をすべて読み、雑誌の特集も探し集めました。本屋にも走って原書を買おうとしたのですが、マンシェットの本は出版社のカタログにほとんど残っていなかったのです。マンシェットはフランスでも過去の作家になっていました。もちろん、急逝を機会に再評価は一気に進みましたが、マンシェットが亡くなった瞬間は、そんな情けない状況だったのです。

そこで翌年、日本に帰ってから、旧知の編集者の安原顯氏に頼んで、日本で未訳のマンシェットの代表作三篇を翻訳出版してもらったことは解説に書いたとおりです。

この企画は成功とは呼べませんでしたが、もしも次の機会があるなら、『狼が来た、城へ逃げろ』の新訳だと思っていました。新たな邦題も、マンシェットが下敷きにしたランボーの詩句を連想させるものにしなければならない、と心に決めていました。

そうしてマンシェットの死からまた一〇年が経ち、三度目のパリ長期滞在のおり、かつて安原顯氏の主宰する小説創作学校で教えたことのある河田周平氏から連絡があって、『狼が来た、城へ逃げろ』の新訳の依頼を受けたのです。勢いこんで翻訳に打ちこみ、二〇〇五年のうちにパリで仕上げてしまいました。しかしその後、この企画が頓挫し、光文社古典新訳文庫のご好意で、こうして『愚者《あほ》が出てくる、城塞《おしろ》が見える』が陽の目を見ることになったのです。

本書の実現にあたっては、バタイユ、コクトー、ラディゲのときと同じく、光文社古典新訳文庫の堀内健史氏に熱意あふれる尽力を頂きました。訳文についても数えきれないほどの有益な助言をいただき、その質を大いに向上させることができました。ここに記して心より感謝申し上げます。

この本の一部には、「おかま」という表現や、現在の観点からみて差別的な物語の設定などがあります。これは、古典としての歴史的な、また文学的な価値という点から、原文に忠実な翻訳を心がけた結果であることをご理解くださいますようお願いいたします。

kobunsha classics
光文社古典新訳文庫

愚者《あほ》が出《で》てくる、城寨《おしろ》が見《み》える

著者　マンシェット
訳者　中条《ちゅうじょう》省平《しょうへい》

2009年1月20日　初版第1刷発行
2023年9月15日　　　　第3刷発行

発行者　三宅貴久
印刷　大日本印刷
製本　大日本印刷

発行所　株式会社光文社
〒112-8011東京都文京区音羽1-16-6
電話　03（5395）8162（編集部）
03（5395）8116（書籍販売部）
03（5395）8125（業務部）
www.kobunsha.com

ISBN978-4-334-75174-6 Printed in Japan

組版　新藤慶昌堂

いま、息をしている言葉で、もういちど古典を

長い年月をかけて世界中で読み継がれてきたのが古典です。奥の深い味わいある作品ばかりがそろっており、この「古典の森」に分け入ることは人生のもっとも大きな喜びであることに異論のある人はいないはずです。しかしながら、こんなに豊饒で魅力に満ちた古典を、なぜわたしたちはこれほどまで疎んじてきたのでしょうか。

ひとつには古臭い教養主義からの逃走だったのかもしれません。真面目に文学や思想を論じることは、ある種の権威化であるという思いから、その呪縛から逃れるために、教養そのものを否定しすぎてしまったのではないでしょうか。

いま、時代は大きな転換期を迎えています。まれに見るスピードで歴史が動いていくのを多くの人々が実感していると思います。

こんな時わたしたちを支え、導いてくれるものが古典なのです。「いま、息をしている言葉で」——光文社の古典新訳文庫は、さまよえる現代人の心の奥底まで届くような言葉で、古典を現代に蘇らせることを意図して創刊されました。気取らず、自由に、心の赴くままに、気軽に手に取って楽しめる古典作品を、新訳という光のもとに読者に届けていくこと。それがこの文庫の使命だとわたしたちは考えています。

このシリーズについてのご意見、ご感想、ご要望をハガキ、手紙、メール等で翻訳編集部までお寄せください。今後の企画の参考にさせていただきます。
メール　info@kotensinyaku.jp

光文社古典新訳文庫　好評既刊

狭き門

ジッド
中条省平
中条志穂 訳

美しい従姉アリサに心惹かれるジェローム。相思相愛であることは周りも認めていたが、当のアリサは煮え切らない。ノーベル賞作家ジッドの美しく悲痛なラヴ・ストーリーを新訳で。

恐るべき子供たち

コクトー
中条省平
中条志穂 訳

十四歳のポールは、姉エリザベートと「ふたりだけの部屋」に住んでいる。ポールが憧れるダルジュロスとそっくりの少女アガートが登場し、子供たちの夢幻的な暮らしが始まる。

花のノートルダム

ジュネ
中条省平 訳

都市の最底辺をさまよう犯罪者、同性愛者たちを神話的に描き、〈悪〉を〈聖なるもの〉に変えたジュネのデビュー作。超絶技巧の比喩を駆使した最高傑作が明解な訳文で甦る！

マダム・エドワルダ／目玉の話

バタイユ
中条省平 訳

私が出会った娼婦との戦慄に満ちた一夜の体験「マダム・エドワルダ」。球体への異様な嗜好を持つ少年と少女「目玉の話」。三島由紀夫が絶賛したエロチックな作品集。

肉体の悪魔

ラディゲ
中条省平 訳

パリの学校に通う十五歳の「僕」と十九歳の美しい人妻マルト。二人は年齢の差を超えて愛し合うが、マルトの妊娠が判明したことから、二人の愛は破滅の道を…。

光文社古典新訳文庫　好評既刊

消しゴム
ロブ＝グリエ
中条　省平　訳

奇妙な殺人事件の真相を探るべく馴染みのない街にやってきた捜査官ヴァラス。人々の曖昧な証言に翻弄され、事件は驚くべき結末に。文学界に衝撃を与えたヌーヴォー・ロマン代表作。

にんじん
ルナール
中条省平　訳

母親からの心ない仕打ちにもめげず、少年は自分と向き合ったりユーモアを発揮したりしながら、日々をやり過ごし、大人になっていく。断章を重ねて綴られた成長物語の傑作。

千霊一霊物語
アレクサンドル・デュマ
前山　悠　訳

「女房を殺して、捕まえてもらいに来た」と市長宅に押しかけた男。男の自供の妥当性をめぐる議論は、いつしか各人が見聞きした奇怪な出来事を披露しあう夜へと発展する。

八十日間世界一周（上・下）
ヴェルヌ
高野　優　訳

謎の紳士フォッグ氏は、八十日間あれば世界を一周できるという賭けをした。十九世紀の地球を旅する大冒険、極上のタイムリミット・サスペンスが、スピード感あふれる新訳で甦る！

地底旅行
ヴェルヌ
高野　優　訳

謎の暗号文を苦心のすえ解読したリーデンブロック教授と甥の助手アクセル。二人はガイドのハンスとともに地球の中心へと旅に出る。そこで目にしたものは……。臨場感あふれる新訳。

光文社古典新訳文庫　好評既刊

オンディーヌ
ジロドゥ
二木 麻里 訳

湖畔近くで暮らす漁師の養女オンディーヌは騎士ハンスと恋に落ちる。だが、彼女は人間ではなく、水の精だった―。「究極の愛」を描いたジロドゥ演劇の最高傑作。

赤と黒（上・下）
スタンダール
野崎 歓 訳

ナポレオン失脚後のフランス。貧しい家に育った青年ジュリヤン・ソレルは、金持ちへの反発と野心から、その美貌を武器に貴族のレナール夫人を誘惑するが…。

アドルフ
コンスタン
中村 佳子 訳

青年アドルフは伯爵の愛人エレノールに言い寄り彼女の心を勝ち取る。だが、エレノールが次第に重荷となり…。男女の葛藤を心理描写のみで描いたフランス恋愛小説の最高峰！

アガタ／声
デュラス
コクトー
渡辺 守章 訳

記憶から紡いだ言葉で兄妹が〝近親相姦〟を語る『アガタ』。不在の男を相手に、電話越しに女が別れ話を語る『声』。「語り」の濃密さが鮮烈な印象を与える対話劇と独白劇。

グランド・ブルテーシュ奇譚
バルザック
宮下 志朗 訳

妻の不貞に気づいた貴族の起こす猟奇的な事件を描いた表題作、黄金に取り憑かれた男の生涯を追う自伝的作品「ファチーノ・カーネ」など、バルザックの人間観察眼が光る短編集。

光文社古典新訳文庫　好評既刊

赤い橋の殺人
バルバラ
亀谷　乃里　訳
貧しい生活から一転して、社交界の中心人物になったクレマン。だがある殺人事件の真相がサロンで語られると異様な動揺を示し始める……。19世紀の知られざる奇才の代表作、ついに本邦初訳！

消え去ったアルベルチーヌ
プルースト
高遠　弘美　訳
二十世紀最高の文学と評される『失われた時を求めて』の第六篇。著者が死の直前に大幅改編し、その遺志がもっとも生かされている〝最終版〟を本邦初訳！

失われた時を求めて　1〜6
第一篇「スワン家のほうへ　I〜II」
第二篇「花咲く乙女たちのかげにI〜II」
第三篇「ゲルマントのほう　I〜II」
プルースト
高遠　弘美　訳
深い思索と感覚的表現のみごとさで二十世紀文学の最高峰と評される大作がついに登場！　豊潤な訳文で、プルーストのみずみずしい世界が甦る、個人全訳の決定版！〈全14巻〉

狂気の愛
ブルトン
海老坂　武　訳
難解で詩的な表現をとりながら、美とエロス、美的感動と愛の感動を結びつけていく思考実験。シュールレアリスムの中心的存在、ブルトンの伝説の傑作が甦った！

感情教育（上・下）
フローベール
太田　浩一　訳
二月革命前後のパリ。青年フレデリックは美しい人妻アルヌー夫人に心奪われる。人妻への一途な想いと高級娼婦との官能的な恋愛。揺れ動く青年の精神を描いた傑作長編。

光文社古典新訳文庫　好評既刊

神を見た犬

ブッツァーティ
関口 英子 訳

突然出現した謎の犬におびえる人々を描く表題作。老いた山賊の首領が手下に見放されて「護送大隊襲撃」。幻想と恐怖が横溢する、イタリアの奇想作家ブッツァーティの代表作二十二編。

羊飼いの指輪 ファンタジーの練習帳

ロダーリ
関口 英子 訳

それぞれの物語には結末が三つあります。あなたはどれを選ぶ？　表題作ほか「魔法の小太鼓」「哀れな幽霊たち」「星へ向かうタクシー」ほか読者参加型の愉快な短篇全二十！

ムッシュー・アンチピリンの宣言 ――ダダ宣言集

ツァラ
塚原 史 訳

20世紀初頭、「ＤＡＤＡは何も意味しない」のメッセージとともに世界に広がったダダ運動。この最も過激な「反芸術」運動のエッセンスを抜粋、21世紀のいまこそ再発見する。

猫とともに去りぬ

ロダーリ
関口 英子 訳

猫の半分が元・人間だってこと、ご存知でしたか？　ピアノを武器にするカウボーイなど、人類愛、反差別、自由の概念を織り込んだ、知的ファンタジー十六編を収録。

天使の蝶

プリーモ・レーヴィ
関口 英子 訳

アウシュビッツ体験を核に問題作を書き続け、ついに自死に至った作家の「本当に描きたかったもうひとつの世界」。化学、マシン、人間の神秘を綴った幻想短編集。（解説・堤 康徳）

光文社古典新訳文庫　好評既刊

月を見つけたチャウラ　ピランデッロ短篇集
ピランデッロ
関口 英子 訳

いわく言いがたい感動に包まれる表題作に、作家が作中の人物の悩みを聞く「登場人物の悲劇」など。ノーベル賞作家が、人生の真実を時に優しく時に辛辣に描く珠玉の十五篇。

芸術の体系
アラン
長谷川 宏 訳

ダンスから絵画、音楽、建築、散文まで。第一次世界大戦に従軍したアランが、戦火の合い間に熱意と愛情をこめて芸術を考察し、のびのびと書き綴った芸術論。

ペスト
カミュ
中条 省平 訳

オラン市に突如発生した死の伝染病ペスト。社会が混乱に陥るなか、リュー医師ら有志の市民は事態の収拾に奔走するが……。不条理下の人間の心理や行動を鋭く描いた長篇小説。

転落
カミュ
前山 悠 訳

アムステルダムの場末のバーでなれなれしく話しかけてきた男。五日にわたる自分語りの末に明かされる、驚くべき彼の来し方とは？『ペスト』『異邦人』に並ぶ小説、待望の新訳。

死霊の恋／化身　ゴーティエ恋愛奇譚集
テオフィル・ゴーティエ
永田 千奈 訳

血を吸う女、タイムスリップ、魂の入れ替え……フローベールらに愛された「文学の魔術師」ゴーティエが描く、一線を越えた「妖しい恋」の物語を3篇収録。（解説・辻川慶子）